LA FILLE
QU'ON APPELLE

DU MÊME AUTEUR

LE BLACK NOTE, *roman*, 1998
CINÉMA, *roman*, 1999 ("double", n° 109)
L'ABSOLUE PERFECTION DU CRIME, *roman*, 2001 ("double", n° 36)
INSOUPÇONNABLE, *roman*, 2006 ("double", n° 59)
PARIS-BREST, *roman*, 2009 ("double", n° 91)
LA DISPARITION DE JIM SULLIVAN, *roman*, 2013 ("double", n° 106)
ARTICLE 353 DU CODE PÉNAL, *roman*, 2017 ("double", n° 116)
ICEBERGS, 2019
LA FILLE QU'ON APPELLE, *roman*, 2021

TANGUY VIEL

LA FILLE QU'ON APPELLE

LES ÉDITIONS DE MINUIT

PREMIÈRE PARTIE

1

Personne ne lui a demandé comment elle était habillée ce matin-là mais elle a tenu à le préciser, qu'elle n'avait pas autre chose à se mettre que des baskets blanches mais savoir quelle robe ou jean siérait à l'occasion, idem du rouge brillant qui couvrirait ses lèvres, elle y pensait depuis l'aube. Elle, assise à la terrasse de l'Univers, sur la grande place piétonne au cœur de la vieille ville, derrière elle on pouvait lire en très grosses lettres sur le haut mur de pierres les mots HÔTEL DE VILLE, plus haut encore le drapeau tricolore comme un garde endormi reposant dans l'air tiède. Bientôt elle franchirait le grand porche et traverserait la cour pavée qui mène au château, anciennement le château donc, puisque depuis longtemps transformé en mairie, et quoique pour elle, dirait-elle, c'était la même chose : qu'elle ait rendez-vous avec le maire de la ville ou le seigneur du village, dans sa tête ça ne faisait pas de différence – même fébrilité, même cœur un peu tendu d'entrer là, dans le grand hall où elle pénétrerait pour la première fois, presque surprise d'en voir s'ouvrir les portes électriques à son approche, comme si elle s'était attendue à voir un pont-levis s'abaisser au-dessus des douves, et qu'à la place d'un vigile en vêtements noirs, elle avait eu affaire à un soldat en cotte de mailles. Dans cette ville, c'est comme ça, on dirait que les siècles d'histoire ont glissé sur les pierres sans jamais les changer, pas même la mer qui deux fois par jour les attaque et puis deux fois par jour aussi renonce et se retire, battue, comme un chien la queue basse.

Elle, assise toujours à la terrasse de l'Univers, bien sûr elle était en avance, le temps d'un café et puis de lire *Ouest-France*, ou non pas lire vraiment mais parcourir les titres et les photos couleur, et puis quand même s'attarder sur la page des sports, parce que cherchant s'il n'y avait pas un article sur son boxeur de père – lui qui du haut de ses quarante ans venait de remporter son trente-cinquième combat et dont la presse locale ne cessait de célébrer la longévité pour ne pas dire, plus encore, la renaissance – renaissance, oui, c'est le mot qu'ils employaient à loisir depuis que Max Le Corre était revenu en haut de l'affiche, tandis qu'un temps il en avait disparu –, alors elle aura souri sans doute en regardant l'énième photo de lui les bras levés sur un ring, le gros titre au-dessus qui se projetait vers l'avenir, disant « Marchera-t-il encore sur l'eau ? ». Puis, regardant l'heure sur son téléphone, elle a refermé le journal, posé deux euros dans la coupelle devant elle et s'est levée. Dans la grande vitre du café elle s'est estimée une dernière fois, certaine, dira-t-elle plus tard, qu'elle avait fait le bon choix, cette veste en cuir noir qui laissait voir ses hanches, dessous la robe en laine un peu ajustée, le vent à peine qui en effleurait la maille quand elle tirait dessus.

Oui, a-t-elle dit aux policiers, ça peut vous surprendre mais je me suis dit que j'avais fait le bon choix, ça et les baskets blanches qu'on a toutes à vingt ans, de sorte qu'on n'aurait pas pu deviner si j'étais étudiante ou infirmière ou je ne sais pas, la fille qu'on appelle.

La fille qu'on appelle ? a demandé l'un d'eux.

Oui, ce n'est pas comme ça qu'on dit ? Call-girl ? Et elle a ri nerveusement d'avoir dit ça, call-girl, sans que ça fasse sourire ni l'un ni l'autre des deux flics, les bras croisés pour l'un, l'autre plus avancé vers elle, mais l'un comme l'autre à l'affût de chaque mot qu'elle employait et qu'ils semblaient peser comme des fruits exotiques sur une balance alimentaire.

Et puis donc elle a repris son récit, qu'au vigile à l'entrée de la mairie elle avait demandé où se trouvait le cabinet du maire sans savoir que lui, le vigile, en resterait de marbre, indiquant d'un simple mouvement de tête le grand comptoir au fond du hall, laissant traîner presque machinalement ses yeux de haut en bas sur sa silhouette à elle. À cela elle était habituée : que le regard des hommes vînt s'effranger sur elle, elle n'y faisait plus attention depuis longtemps, pour cette bonne raison que par mille occurrences déjà, elle avait fait l'expérience de son attrait, à cause de sa grande taille peut-être ou bien de sa peau métisse, en tout cas depuis longtemps elle le savait, indifférente au charme qu'elle exerçait – ce jour-là ni plus ni moins qu'un autre, sa robe ajustée donc qui ne couvrait pas ses genoux, aux pieds ses baskets blanches qui ne l'étaient plus vraiment, à cause du cuir usé qui en couvrait la surface.

À l'accueil aussi elle a répété qu'elle avait rendez-vous avec le maire, regrettant que personne ne lui demande le motif de sa visite, à quoi elle aurait répondu que c'était personnel – c'est vrai, dit-elle, j'aurais bien aimé qu'on me le demande, juste pour répondre : C'est personnel. Mais pas même en haut du grand escalier de pierre qu'on lui a indiqué, pas même la chétive secrétaire postée à l'entrée du bureau comme un vieux garde-barrière, personne ne lui demanderait la raison de sa visite – accusant quant à elle, la secrétaire, ce qu'il fallait de réprobation ou de jalousie en la dévisageant, si on peut dire ce mot-là, dévisager, quand le regard cette fois tombe comme une guillotine de la tête jusqu'aux pieds.

Elle a soupiré un peu, ladite secrétaire, comme une gouvernante dans une grande maison qui se serait réservé le droit de juger qui ses maîtres recevaient, et puis elle a daigné se lever, a entrouvert la lourde porte de bois dont elle semblait garder l'entrée et, passant la tête dans l'ouverture, elle a dit : Votre rendez-vous est arrivé. Laura aussi l'a entendue, la voix masculine qui répondait : Ah oui merci, en même temps que la vieille secrétaire invitait la jeune fille à se faufiler à son tour dans l'ouverture, c'est-à-dire dans le passage volontairement étroit qu'elle avait laissé entre la porte et le mur, comme si elle, la plus jeune des deux, avait dû forcer le passage pour entrer, en tout cas c'est cette impression qui devait rester gravée en elle pour longtemps, oui, quelque chose comme ça, elle a dit, que c'est moi qui suis entrée et non pas elle qui m'a ouvert. Mais je vous jure que s'il avait fallu la pousser, a-t-elle ajouté, je l'aurais fait.

Et peut-être à cause du regard soudain sourcilleux des policiers qui lui faisaient face, elle a cru bon d'ajouter : Je vous rappelle que j'ai grandi près des rings.

Et sûrement ils eurent le sentiment que dans cette phrase se logeait une partie de son histoire, avec elle toute la rugosité de l'enfance, en même temps qu'elle laissait déjà entendre quel fossé la séparait de l'autre, le type à l'immense bureau, que rien, ni l'accueil froid de la secrétaire ni la taille démesurée de la pièce, ne venait rapprocher de son monde à elle.

Non, rien du tout, a-t-elle dit encore aux policiers, dans un monde normal on n'aurait jamais dû se rencontrer.

Un monde normal… mais qu'est-ce que vous appelez un monde normal ? ils ont demandé.

Je ne sais pas… Un monde où chacun reste à sa place.

Et comme elle essayait de se représenter ce monde-là, normal et fixe, où chacun comme une figurine mécanique aurait eu son aire maximale de mouvement, ses yeux étaient venus se perdre dans le tissu bleu de la veste en face d'elle, et laissant s'échapper par-devers elle cette pensée surgie des profondeurs, elle a dit :

Mon père avait l'air d'y tenir tellement.

2

Peut-être il aurait fallu commencer par lui, le boxeur, quand je ne saurais pas dire lequel des deux, de Max ou de Laura, justifie plus que l'autre ce récit, mais je sais que sans lui, c'est sûr, elle n'aurait jamais franchi le seuil de l'hôtel de ville, encore moins serait entrée comme une fleur à peine ouverte dans le bureau du maire, pour la bonne raison que c'est lui, son père, qui avait sollicité ce rendez-vous, insisté d'abord auprès d'elle, insisté ensuite auprès du maire lui-même, puisqu'il en était le chauffeur. Depuis trois ans maintenant qu'il le conduisait à travers la ville, ils commençaient à se connaître – lui, le maire, de dix ans peut-être l'aîné de son chauffeur, celui-là dont le sourire quotidien lui parvenait à travers le rétroviseur, ou pas vraiment le sourire mais le plissement toujours inquiet de ses yeux qui cherchaient son attention à lui, l'homme à l'arrière toujours, qui si souvent n'y prêtait pas attention, regardant seulement dehors le lent défilement des façades ou bien des vitrines lumineuses, comme si parce qu'il était maire de la ville, il se devait d'effleurer du regard tous les immeubles, toutes les silhouettes sur les trottoirs, comme si elles lui appartenaient. Et d'avoir été réélu quelques mois plus tôt, d'avoir pour ainsi dire écrasé ses adversaires à l'entame de son second mandat, sûrement ça n'avait pas contribué au développement d'une humilité qu'il n'avait jamais eue à l'excès – à tout le moins n'en avait jamais fait une valeur cardinale, plus propre à voir dans sa réussite l'incarnation même de sa ténacité, celle-là sous laquelle sourdaient des mots comme « courage » ou « mérite » ou « travail » qu'il introduisait à l'envi dans mille discours prononcés partout ces six dernières années, sur les chantiers inaugurés ou les plateaux de télévision, sans qu'on puisse mesurer ce qui dedans relevait de la foi militante ou bien de l'autoportrait, mais à travers lesquels, en revanche, on le sentait lorgner depuis longtemps bien plus loin que ses seuls auditeurs, espérant que l'écho s'en fasse entendre jusqu'à Paris, où déjà les rumeurs bruissaient qu'il pourrait être ministre. Et pour qui en avait le visage chaque jour dans son rétroviseur, il n'était pas besoin d'un traité de physiognomonie pour que cette même ardeur ou détermination apparaisse là, sous les sourcils noirs, épais et pourtant presque doux, contrastant plus encore alors avec ce regard froid et ferme de tous les gens de pouvoir. En trois ans Max avait appris à en traquer les nuances et les failles, ou plutôt non, pas les failles, mais les ouvertures sciemment laissées, s'il est vrai que le pouvoir, ce n'est pas dans la raideur qu'il se fonde, mais à l'endroit calculé de ses inflexions, comme un syndrome de Stockholm appliqué heure par heure, quand chaque entorse faite à l'austérité fait naître dans l'œil soumis de l'interlocuteur la brèche de fausse tendresse où s'engouffrer.

Et de ce que je crois savoir, Maxime Le Corre à cette aune était un bon client, du genre de cheval reconnaissant dès qu'on relâche le mors, à quoi s'ajoutait la dette qu'il se sentait avoir, puisque c'était lui, le même maire, qui l'avait recruté, en ce temps où Max était, comme on dit, dans le creux de la vague. Puisque donc il y eut cela dans la vie de Max : une vague d'abord qui l'avait porté sur sa crête comme un surfeur gracieux avant de l'en faire redescendre dans l'ombre cylindrique et de plus en plus noire, de sorte que des années plus tard remontaient encore à la surface de sa mémoire, comme en ombres chinoises sur le pare-brise taché d'embruns, aussi bien les lumineuses années où il avait vécu de ses talents de boxeur que celles plus sombres qui étaient venues comme un ciel d'orage les recouvrir. Et sur elles, les sombres années, il espérait avoir posé pour longtemps un drap de laine épaisse qu'il éviterait de soulever, à cause de toute cette nuit sans boxe qu'il avait traversée, de quand la lumière des rings s'était éteinte, intermittente comme elle sait être, pire qu'un phare sur une côte. Cela, tous les boxeurs le savent, que le ring fait comme un phare dont sur le pont du bateau on compte les éclats pour estimer le danger, et qu'alors il arriva qu'il ne le vît pas, le danger, et se laissât drosser sur les rochers, ainsi qu'il advient en boxe plus qu'en tout autre sport : que les clairs-obscurs d'une carrière y sont plus saisissants qu'une peinture du Caravage.

Alors qu'il soit seulement remonté sur un ring et qu'il y boxe à nouveau comme à ses plus beaux jours, il n'en revenait encore pas quand il croisait sa propre silhouette sur les panneaux de la ville, grandes affiches qui poussaient comme des arbres le long des quatre-voies et annonçaient le gala du 5 avril prochain, où sur fond de lumières étoilées se détachaient les corps photographiés des deux boxeurs, les poings dressés à hauteur du visage et tous muscles bandés – lui, le crâne rasé et les sourcils tendus déjà vers la victoire, semblant défier la ville entière de sa colère ou de sa force contenue, écrit dessous en lettres de feu « Le Corre vs Costa : le grand défi ». Et qui aurait regardé alternativement l'affiche puis cet homme au volant de la berline municipale se serait dit que oui, c'était bien lui, Max Le Corre, le même nez dévié, les mêmes paupières écrasées par les coups, la même peau luisante sur le crâne, le même qui d'ici quelques semaines s'en irait défier l'autre figure locale qui lui avait depuis longtemps volé la vedette.

Ça se rapproche, a dit le maire.

Dans deux mois à cette heure-ci, a dit Max, je serai sur la balance.

Ce n'est pas le moment de prendre du poids, a fait remarquer le maire.

Ni d'en perdre, a répondu Max.

Ensemble ils ont reparlé de ses dernières victoires, l'immense plaisir qu'il avait eu, le maire, de remettre plusieurs fois à Max la ceinture du vainqueur, l'immense plaisir, avait-il dit à chaque fois, de faire l'éloge d'un vrai natif, formé ici même, devant la salle tout acquise – si fiers, eux tous, de ce lien qui les unissait à celui qui avait toujours vécu là, dans un pourtant discret quartier de la périphérie, mais dont un peu de la gloire semblait rejaillir sur chaque fenêtre de chaque tour où vivaient tous ceux-là qu'il avait croisés toute son enfance, sur les bancs des squares, dans les cages d'escaliers et puis dans la salle de boxe bien sûr dont tous avaient une fois au moins poussé la lourde porte de fer, tous encore enfilé des gants sur le ring pour se croire un instant Mike Tyson. Mais là où des centaines d'entre eux ont espéré vainement qu'un type à l'ombre d'un pilier les observe et les désigne comme un dieu invisible semble élire ses prophètes, un seul s'était trouvé soulevé et comme gruté hors de la vie ordinaire – et ce fut Max Le Corre.

Car il n'y avait pas besoin d'être grand clerc pour voir qu'il y avait là, dans le corps lourd et tendu de Max, une puissance hors du commun, de sorte qu'il n'y avait eu aucun hasard non plus à ce qu'un jour un homme en costume blanc s'improvisant manager entrât là, dans la petite salle d'entraînement où Max étalait si vivement chacun de ses partenaires, et décidât de s'occuper de sa carrière, le propulsant si vite au niveau national dont il glanerait le titre, la coupe gravée qui continuait de trôner sur sa cheminée à lui, Max, écrit dessus « Championnat de France 2002, catégorie mi-lourds». Quinze ans plus tard, si vieux déjà, forcément il s'étonnait de lire encore dans la presse des mots comme «renaissance» ou même «résurrection» – résurrection, oui, c'est l'autre mot qu'on pouvait lire quelquefois dans les journaux et il n'aimait pas plus l'entendre que «renaissance» parce que les deux mots sciemment employés produisaient le même appel d'air vers le gouffre qui les avait précédés.

Si on m'avait dit que je boxerais encore à quarante ans, a-t-il dit au maire.

La boxe, a répondu l'homme à l'arrière et regardant toujours dehors, on dit que ça se passe beaucoup dans la tête.

Et Max les yeux fixés sur la route devant lui a fait une moue invisible qui signifiait peut-être «si je t'en mettais une, tu verrais ce que ça fait dans la tête» – mais invisible assez, cette moue presque intérieure, pour que dans le même temps son silence ait valeur d'acquiescement, parce que bien sûr le maire avait raison, la boxe, c'est d'abord dans la tête, la boxe est un sport de nerfs et de force mentale, oui, cela, ce n'est pas Max qui dirait le contraire.

En tout cas c'est courageux d'aller défier Costa, a repris le maire.

C'est maintenant ou jamais, a répondu Max, le temps ne joue pas pour moi. En quoi il avait raison, que la boxe à son âge, du moins la sensation qu'il en avait, c'était comme patiner sur un lac gelé à la toute fin de l'hiver, et malgré les victoires il n'était pas dupe de la fine pellicule de glace sur laquelle il continuait d'évoluer, ne craignant pas d'y effectuer encore les figures les plus délicates, mais attendant résigné qu'un jour la glace se fendille d'un coup et qu'il se noie dans l'eau trop froide.

Vous allez gagner, Max, j'en suis sûr.

Et alors profitant de ce qu'à cet instant le maire avait l'air d'être avec lui, Max a fini par évoquer ce qui lui trottait dans la tête depuis plusieurs jours, cela que le matin même en se levant il s'était promis d'aborder et qui n'avait rien à voir avec la boxe, non, c'était à propos de sa fille, il voulait lui parler de sa fille : Je voulais vous demander un petit service, monsieur le maire, c'est à propos de ma fille, elle est revenue s'installer ici et...

Oui, bien sûr, a dit le maire, dites toujours.

C'est-à-dire qu'elle a fait une demande de logement auprès des services de la ville mais vous savez ce que c'est, ça prend du temps, alors je me suis dit que peut-être, en passant par vous...

Et le maire lui avait évité de s'enliser, avait écourté aussi vite sa demande, disant :

Bien sûr, Max, dites-lui de passer me voir à la mairie, je verrai ce que je peux faire.

Et pendant que la voiture s'avançait le long des vieux gréements comme dans un musée en plein air, Max avait respiré intérieurement, comme aussi bien il serait ressorti d'une salle d'examen en ayant le sentiment d'avoir réussi, en même temps qu'il répétait à l'homme à l'arrière que c'était vraiment gentil à lui de prendre le temps de la recevoir, qu'il n'était pas obligé de faire ça pour lui, pendant que lui, l'homme à l'arrière, était occupé à réajuster sa cravate ou épousseter les manches de son costume, lui répondant que ce n'était rien, qu'en un sens ça faisait partie de ses attributions, qu'il avait été élu pour ça, pour rendre service. Et Max espérait que ça se passe bien. Qu'elle serait à la hauteur. Il a dit ça plus tard, Max, qu'il avait pensé cette phrase : oui c'est vrai, j'espérais qu'elle soit à la hauteur.

3

À la hauteur il faut croire qu'elle le fut ; en tout cas quand la porte du bureau s'est refermée derrière elle et qu'elle s'est retrouvée face au maire, lui non plus n'a pu s'empêcher de jeter ce regard vertical et plongeant sur sa silhouette à elle. Mais à cela elle ne fit pas attention, saisie par l'immense volume du très luxueux bureau où elle venait d'entrer. Un instant, elle a cru qu'elle était à l'Élysée ou quelque chose comme ça, à cause de tous les vieux fauteuils et les tapisseries médiévales représentant telle scène de chasse, les épaisses boiseries qui dans leurs caissons sertissaient les plafonds peints, dès lors qu'en France, c'est comme ça, dans les cabinets des maires persiste l'Ancien Régime. Lui, encore assis sur son fauteuil de cuir, aussitôt s'est levé, se frayant un passage entre les vieux meubles pour l'accueillir et lui serrer la main, disant dans le même élan : Bonjour Laura ! Vous allez bien ?

Oui, comme si on se connaissait d'Ève et d'Adam, elle a dit, il m'a appelée par mon prénom.

Elle, c'est à peine si elle l'avait croisé auparavant, une fois peut-être avec son père mais à l'époque il n'était même pas maire et elle ne s'en souvenait pas. Mais peut-être qu'il faisait ça avec tout le monde, peut-être que tout le monde avait droit à son sourire et à son prénom, comme une bienveillance dont il se serait senti investi par sa fonction, afin qu'entre lui et eux, les habitants, les citoyens, les administrés, il n'y ait jamais d'autre fossé que les responsabilités toutes provisoires qu'on lui avait confiées. En tout cas ce sont des choses qu'il aurait pu lui dire, mot pour mot – et parce que peut-être aussi, rien ne le remplissait plus que cette sensation de condescendre à la vie normale, si la vie normale à ses yeux c'était la masse indifférenciée des gens, c'est-à-dire ceux qu'il appelait lui-même « les gens », que depuis son élection c'était son rôle de connaître « les gens », de les aimer, de se faire croire qu'il les aimait, à moins que, oui, c'était possible aussi, il ne s'aimât lui-même en train de les aimer.

Elle aura senti des choses comme ça, Laura, elle qui n'y a jamais laissé toute sa lucidité, et même si depuis la veille elle s'inquiétait de ce qu'elle dirait ou comment elle s'habillerait, si une partie d'elle tremblait comme une enfant convoquée chez un directeur d'école, elle savait très bien aussi que lui, quand il s'était levé ce matin-là, il ne connaissait même pas son agenda du jour. Et c'est bien pourquoi ils ne partaient pas à égalité, elle, Laura Le Corre, vingt ans, étudiante, et lui, Quentin Le Bars, quarante-huit ans, maire de la ville.

Étudiante ? a demandé le flic.

Oui, enfin non, enfin c'est ce que je lui dirais, étudiante en psycho, que j'étais en licence de psycho, ça me paraissait bien, et puis surtout c'était crédible, parce que j'ai toujours aimé ça, la psychologie. Et elle s'est reculée sur sa chaise, disant : Ça ne veut pas dire qu'on y voit plus clair, n'est-ce pas ?

Lui, le même policier qui cherchait plus que l'autre à comprendre, essayant de transformer en phrases écrites ce qu'elle racontait, un œil pour elle, l'autre pour le clavier de son ordinateur, lui toujours au lieu de méditer comme il aurait pu faire sur ce qu'elle venait de dire, il a seulement coupé :

Donc vous avez menti ?

Quoi, elle a dit, vous auriez trouvé normal que je lui dise que… ?

Et elle n'a pas attendu qu'il l'interrompe pour s'arrêter d'elle-même, laissant au sortir de ses lèvres se déposer trois longs points de suspension, comme si elle s'était légèrement écartée de sa propre parole pour le laisser entrer dans sa phrase, lui s'y engouffrant aussi vite, reprenant :

Que vous lui disiez quoi ?

Et c'était comme le début d'une partition qu'ils écrivaient ensemble, symphonie d'accroches et d'appuis mutuels, aussi réglée que les paroles d'un livret d'opéra – elle, soprano élégiaque déroulant sa plainte en autant d'actes qu'il en faudrait, lui, sombre baryton au service d'une diva, reprenant :

Que vous lui disiez quoi ?

Et tandis qu'elle hésitait à répondre, l'autre flic qui jusqu'alors était resté debout près de la fenêtre à son tour s'est avancé plus près de la grande table qui leur servait de bureau. Il a posé la main sur l'épaule de son collègue, comme pour lui dire d'y aller doucement, qu'il ne fallait pas la brusquer quand, après tout, ils devaient se souvenir qu'elle était la plaignante. Alors le même policier toujours debout, sentant le tour que prenait l'entretien, sans qu'on sache si c'était un encouragement ou un conseil, il a dit très doucement à Laura : Vous pouvez encore reculer, vous savez.

Mais voilà qu'à l'endroit même où il cherchait à l'amadouer, elle, parce que fille de boxeur peut-être ou bien parce qu'animal rétif et pour ainsi dire urticant, elle a dit : Vous rigolez, j'espère ?

Alors l'autre, le premier des deux, un peu piqué par sa repartie, autorisé du moins à reprendre le combat, il a relancé l'entretien comme il comptait le mener, disant :

À nous en tout cas, il vaut mieux tout dire, n'est-ce pas ?

Et cela, c'était vrai, il valait mieux tout dire, du moins c'est le meilleur conseil qu'il pouvait lui donner, à quoi elle a répondu :

Je travaillais dans la mode.

Les deux flics se sont regardés, du genre de regard masculin dont ils n'auraient su dire eux-mêmes de quel étrange mélange il était fait, mais l'expression « dans la mode » leur avait suggéré de s'épier mutuellement, comme s'ils avaient entrevu déjà toute la grivoiserie qu'ils imaginaient se répandre comme une traînée de poudre dans les couloirs de la police. Et tout ça n'avait sans doute pas duré plus d'une fraction de seconde, mais assez pour qu'elle en surprenne l'échange, assez encore pour que dans la même seconde si dilatée, l'un d'eux au moins ait eu le temps de se sentir démasqué et pour seule défense alors était revenu à la charge :

Et pourquoi vous avez menti ?

Je ne sais pas. C'était le maire, a-t-elle ajouté, j'avais rendez-vous avec le maire.

Elle n'a pas dit qu'en général elle préférait mentir, qu'à son père aussi elle avait menti, que si elle était revenue chez lui, c'était précisément pour ça, mentir et tout changer, comme on peut croire à vingt ans que tout s'efface et s'oubliera au seul déplacement de soi sur la carte des villes. Mais aux policiers il fallait bien qu'elle dise les choses telles qu'elles eurent lieu, telles qu'en effet elle avait préféré ne pas les soumettre au maire, que donc, non, elle ne s'était jamais inscrite à l'université, elle n'avait même pas terminé son lycée, et pour cause : on était venu l'y chercher, à la sortie du lycée, un jour on l'avait accostée à cause de…

Et elle n'a pas osé finir cette phrase non plus, ni les deux flics la relancer, parce que sachant tous les trois qu'à cet instant ils parlaient la même langue, ou plutôt le même silence qui portait en son sein le même fait établi : qu'elle était belle donc, et portait sur son corps tous les critères de la beauté.

C'est comme ça en tout cas qu'avaient dû l'établir ceux-là qui ont débarqué un jour à la sortie de son lycée pour lui proposer d'entrer si précocement dans le monde des adultes : elle, à peine seize ans, mais c'est exactement leur cible, qui l'attendaient sur le parking dehors et dont le métier consistait en cela, repérer les jolies filles, les traquer sur les plages ou dans les cours des lycées, et puis jeter dessus le filet de mailles serrées dont elles, les filles élues, si elles avaient dit oui une fois, ne pouvaient pas plus s'échapper que des chiens errants capturés par la fourrière. Laura pas plus qu'une autre ne sut accélérer le pas le long des grilles du lycée et leur dire d'aller se faire foutre quand ils l'abordèrent si frontalement, lui disant sans barguigner : Mademoiselle, ça vous intéresserait de travailler dans la mode ? Et elle avait pris ça pour une manière presque amusante de retenir son attention, assez pour s'arrêter et les laisser déplier la nasse de phrases amicales, par quoi si elle voulait bien venir avec eux, ils pourraient faire un essai, quelques photos juste pour voir, après vous ferez ce que vous voudrez...

Et quand deux heures plus tard elle s'était retrouvée avec quatre billets de cinquante euros dans la main, forcément, si c'était ça le monde de la mode, alors elle signait tout de suite. D'autant qu'avec elle, comprit-elle assez vite, ils étaient prêts à les lâcher, les billets de cinquante, parce que Laura pour eux était la perle rare, celle qu'on ne rencontre pas souvent, du genre dont on ne sait plus si elle répond aux canons du temps ou si elle participe à les façonner, quelque chose d'aussi irrévocable que le jugement de Pâris choisissant

Aphrodite, leur faisant dire : oui, c'est elle, la beauté aujourd'hui, c'est elle. Et il ne s'était pas passé six mois avant qu'on commence à la voir, exposant ses formes pour telle ou telle marque de sous-vêtements, visible bientôt sur toutes les affiches déployées sur les murs des villes et les grands panneaux des bus, s'éloignant chaque jour un peu plus de la vie de lycéenne.

Devant les policiers elle ne s'est pas étendue sur la question, a raconté seulement qu'elle avait gagné pas mal d'argent pour quelques fins d'après-midi sous les flashes d'un photographe et se gardant de leur dire que quelquefois il avait fallu les enlever, les sous-vêtements, poser plus lascivement encore, plus lucrativement aussi, pour tel magazine qu'on trouve en haut des étagères dans les maisons de la presse.

Non elle ne l'a pas dit, cela, et n'y a peut-être même pas pensé sur l'instant, tellement elle l'avait enfoui en arrière d'elle, de cette force étrange que la jeunesse invente pour se faire croire que tout, avec le temps, s'efface et disparaît.

Donc vous étiez mannequin ? ils ont repris.

Oui, en quelque sorte, mannequin, c'est ça, elle a dit. Et dans le regard qu'elle leur lança, on pouvait lire toute son inquiétude de ce qu'ils savaient exactement, c'est-à-dire s'ils avaient eu l'occasion de voir son sourire ou bien sa chevelure sur les grands panneaux des gares et peut-être plus encore.

Vous avez dû rencontrer des drôles de gens.

Quelquefois, vous savez, pour se faire une idée des choses, il suffit de s'en tenir aux clichés qu'on en a. Et puis, comme si l'idée lui venait sur l'instant, elle a ajouté: Après tout, c'est peut-être pareil pour vous.

Pareil pour nous?

Je veux dire, vous, la police: peut-être que tous les mondes ne sont pas autre chose que les clichés qu'on en a.

Et c'est à croire que ça l'a vexé, le plus ancien des deux, le plus amer peut-être ou bien le plus blasé qui continuait de se tenir debout dans le contre-jour de la fenêtre, en tout cas c'est sorti comme une flèche directement soufflée de la sarbacane qu'il avait jusqu'alors cachée derrière ses lèvres:

Ces photos, c'est une chose mais... ça s'arrêtait là?

Comment ça? elle a dit, mais ayant parfaitement compris ce que contenait la question, ou plutôt l'insinuation qu'aussi vite il éclaircirait pour elle, qu'il était surtout hors de question qu'elle éclaircisse pour lui.

Eh bien, c'est simple: est-ce que vous avez eu des relations avec vos employeurs?

C'est arrivé, oui...

Et jamais vous n'avez eu l'impression que...?

Quoi? Que je me prostituais?

Et comprenant qu'alors elle venait de les prendre de court, en tout cas les avait empêchés de prononcer le mot qu'ils auraient choisi en lieu et place de prostitution, quand eux ils auraient préféré dire provocation. Vous n'avez jamais eu l'impression de provoquer? auraient-ils dit, or cela, elle pouvait savoir combien c'était délicat pour eux de s'y risquer, c'est-à-dire qu'il suffisait qu'elle ait assez d'avance pour qu'ils n'osent pas revenir en arrière ni faire dévier le cours de ses mots, et c'est ce qui s'est passé, ils se sont tus et elle a poursuivi :

Oui, c'est vrai, la première fois que j'ai vu mon corps en sous-vêtements sur les panneaux de la ville, quand j'ai vu mes seins qui débordaient de la dentelle, et mon sourire qui regardait vers vous tous, oui, je peux dire que j'ai eu ce sentiment-là, que je m'étais prostituée.

Et malgré toute la gravité un peu forcée qu'elle y avait mise, malgré la théâtralité calculée qu'ils ne pouvaient pas ne pas avoir perçue, quelque chose de la décence ou de la morale les avait obligés à ne pas insister.

Et votre père, a repris le flic, il savait ?

Non, enfin, je ne sais pas, je ne crois pas.

Et elle n'a pas eu besoin d'ajouter : je préfère ne pas le savoir, quand depuis qu'elle était revenue, Max ne l'avait jamais mise au pied du mur, ne l'ayant jamais fait asseoir près de lui pour lui dire : On ne s'est pas beaucoup vus ces dernières années, raconte-moi, qu'est-ce que tu as fait tout ce temps ?

Et pour cause : il savait – et quoiqu'il aurait préféré l'apprendre autrement qu'en la découvrant sur des panneaux publicitaires, autrement qu'en la voyant là dépliée sur les murs de la ville, jetant au même instant l'œil dans son rétroviseur pour mesurer si le maire lui-même avait vu la même chose, avait été attiré par ses hanches ou ses yeux, mais ne disant rien, lui, le boxeur, à cause de la honte et l'espoir en même temps que l'autre ne sache pas, se demandant si elle lui ressemblait assez pour qu'un tiers se dise cela, se dise : C'est fou ce qu'elle lui ressemble, c'est peut-être sa fille après tout.

Presque alors ils auraient pu se croiser par affiches interposées, le père et la fille sur les murs de granit, tous les deux le corps presque à nu et le regard magnétique censé aimanter l'attention, quoique contraires l'un à l'autre, à force de développer chacun les signes les plus archétypaux du masculin et du féminin – lui bête de muscles qui surjouait en chaque veine saillante la force et la virilité, elle toute de courbes lascives et les dents blanchies qui mordillaient ses lèvres. Ils auraient pu se croiser donc, se regarder l'un l'autre pour ainsi dire incestueusement sur les murs de la ville, mais ce n'était pas arrivé, comme si un système singulier de vases communicants avait voulu qu'ils ne captent jamais la lumière en même temps, mais alternativement, comme si là-haut dans le ciel un dieu rieur avait déplacé son unique projecteur de l'un vers l'autre puis réciproquement.

4

Il aurait pu reprendre sa place derrière son grand bureau de maire, lui proposer une chaise en face de lui, mais non, il a indiqué le canapé de cuir qui délimitait un petit salon près de la fenêtre, Venez par-là, il a dit, nous serons mieux.

Cela, dit-elle, je ne saurai jamais si c'était un traitement particulier, ou bien si toute personne qu'il recevait, il tenait à la mettre à l'aise, lui faire oublier tout ce mobilier si lourd dont il n'était que le locataire, en tout cas c'est ce qu'il lui a dit, Je ne suis que locataire ici, vous savez. Et le temps qu'elle parcoure la pièce entière du regard, qu'elle s'habitue à tout ce luxe comme on doit s'habituer à la lumière au sortir d'un tunnel, à ce moment il lui a proposé de s'asseoir. Seulement il n'a pas dit : Asseyez-vous, non, il a dit : Assieds-toi, je t'en prie.

Elle a fait comme si elle n'était pas surprise qu'il la tutoie si vite, que peut-être à cause de son jeune âge, forcément c'était normal qu'il soit avec elle plus familier qu'avec une autre, et puis parce qu'aussi, bien sûr, elle était la fille de Max, je veux dire, pas seulement la fille du grand boxeur mais d'abord et surtout la fille de son chauffeur. Elle, s'asseyant sur le rebord du canapé, comme craignant de s'enfoncer trop loin dans la mousse des coussins, elle l'a remercié d'abord d'accepter de la recevoir et de prendre ainsi sur son temps, lui l'interrompant aussitôt, insistant, que c'était normal, que s'il pouvait l'aider, bien sûr il le ferait, lui encore debout s'allumant une cigarette :

Ça ne te dérange pas si je fume ?

Elle a fait non de la tête.

Sers-toi si tu veux.

Mais, même si elle en avait très envie, tandis qu'il tendait le paquet vers elle, tandis qu'il n'avait pas douté un instant qu'elle était fumeuse, elle ne s'est pas permis d'en prendre une – plusieurs fois ensuite elle fixerait le paquet, plusieurs fois plus tard elle ne verrait que lui et se concentrerait dessus pour ne pas se laisser troubler. Alors il a rapproché le cendrier posé sur la table basse et il s'est assis dans le fauteuil en face d'elle, avec l'aisance de qui se sent chez lui et connaît la réaction des objets, jusqu'au léger rebond du coussin dans lequel il s'enfonçait, les coudes aussitôt posés sur les accoudoirs, se penchant un peu vers l'avant, comme s'il allait s'élargissant en contre-jour et le corps tout entier dans la diagonale d'elle qui, par réflexe sans doute, avait dû légèrement resserrer ses jambes l'une contre l'autre.

Alors, qu'est-ce que je peux faire pour toi ?

Avec la lumière du soleil qui maintenant frappait le sol et les meubles de vieux bois marqueté, avec l'ombre des croisillons aux fenêtres qui dessinait comme un quadrillage penché sur l'épaisse moquette, elle a fini par dire qu'elle était revenue tout récemment, que pour l'instant elle logeait chez son père et qu'elle avait déposé un dossier pour un logement mais que peut-être il pourrait appuyer sa demande et que voilà, ce serait formidable pour elle si…

Un logement, oui, ce n'est pas facile, ça.

Et depuis le début il ne l'avait pas quittée des yeux, plongeant dedans comme dans un lac volcanique dont il ne voulait pas voir les rives, la laissant à son silence à elle se demandant ce qu'elle devait dire, comme si on l'avait obligée à être là et que maintenant on l'obligeait à quémander quelque chose.

Vous savez, elle a dit, ce n'est pas moi qui me serais permis de vous demander quoi que ce soit mais mon père a insisté pour…

Et se rendant compte, lui, à l'instant même, qu'il l'avait oublié, son père à elle, se rendant compte surtout qu'il n'avait pas envie d'y penser maintenant, cherchant plutôt comment relancer la conversation, n'importe quoi pourvu de ne pas sentir Max s'interposer entre eux deux. Alors sans qu'il mesure en lui ce qui relevait du calcul ou de l'instinct, il a repris :

Tu étais où avant ?

À Rennes, elle a dit.

Ah oui… à Rennes… C'est bien, Rennes, c'est jeune, c'est vivant. Mais… quitter Rennes pour ici, à ton âge, on fait plutôt le contraire, non ?

Elle ne savait pas si elle devait répondre oui ou non, à cause de tout ce qu'elle voulait éviter de soulever de sa vie d'avant qui ces derniers jours remontait plus nettement dans sa mémoire, comme une peau morte dont elle n'aurait pas réussi à se débarrasser – toutes choses conservées là en images délavées, non pas usées ni passées, plutôt qui n'auraient pas mûri assez de temps dans le bain chimique de la mémoire pour qu'en apparaissent les contours et les couleurs les plus franches, comme des souvenirs en gestation.

Oui, sans doute, a-t-elle fini par dire.

Elle a expliqué que désormais elle cherchait à faire sa vie ici, dans la ville où elle était née et qu'elle avait quittée il y avait bien longtemps – combien de temps maintenant, six, sept ans, revenue quelquefois pour y voir son père, mais depuis qu'avec sa mère elles s'étaient pour ainsi dire enfuies de la maison familiale, elle n'avait jamais passé plus d'un week-end dans sa ville natale.

Et puis… la mer me manquait.

Ah la mer, il a repris, ici c'est vrai, elle ne manque pas. Et tu fais quoi en ce moment, je veux dire, tu as un travail ?

Non… pas encore… je cherche, elle a dit.

Tu cherches dans quoi ? La psychologie ?

Elle n'a pas su s'il y avait de l'ironie ou de la défiance dans sa question mais enfin elle a répondu :

Oh non, pas forcément, n'importe quoi en fait.

Et dans l'élan de sa question il s'est relevé de son fauteuil, comme s'il voulait soudain écourter l'entretien. Elle a cru un instant qu'il était contrarié, tandis qu'il s'approchait des grandes fenêtres qui dominaient la cour, les mains qu'il avait mises maintenant dans les poches de son pantalon, avec le bas de la veste que soulevaient ses poignets, lui, de longues secondes de dos avant de se retourner vers elle d'un demi-tour un peu rapide, un peu nerveux aussi comme qui s'engage sur un chemin inconnu, disant :

Peut-être que je pourrais t'aider pour ça aussi, il a dit. Te trouver un travail.

Elle, surprise bien sûr et se disant : Bon, si le maire commence à proposer un travail à tous ceux qui entrent dans son bureau…

Euh oui, bien sûr, si vous entendez parler de quelque chose…

Mais déjà, lui, ce n'était plus sa réponse qui l'intéressait, plutôt le temps que ça lui laissait pour s'approcher à nouveau du canapé où elle continuait de se tenir, jambes serrées toujours, dont les genoux eux-mêmes auraient aimé fuir ces regards répétés qu'il lançait malgré lui. Et comme par un tour de magie, sur la dernière syllabe de sa phrase il est venu s'asseoir là, non plus en face d'elle mais bien à côté d'elle – oui, voilà, à côté d'elle, sur le même petit canapé de cuir un peu anachronique, à cette distance qu'on ne dit pas encore intime, parce qu'il y manque ces dix ou quinze centimètres qu'il savait ne pas devoir conquérir, ou peut-être qu'il n'avait pas besoin de conquérir pour estimer qu'il venait de faire le plus difficile, dès lors qu'à son approche elle ne s'était pas relevée d'un coup, encore moins n'avait cherché à prendre congé de lui dans les secondes qui suivirent, que maintenant il pouvait poursuivre la conversation comme si rien n'avait changé, c'est-à-dire comme s'il était normal qu'un maire et une jeune fille partagent un même canapé lors d'un banal et premier rendez-vous.

Il faudrait que tu me laisses tes coordonnées pour que je puisse te contacter si jamais…

Elle, ses grands yeux maintenant fixés sur lui, un peu désarçonnée ou simplement prise de vitesse, elle a dit que oui, pourquoi pas, oui, bien sûr, mais peut-être le plus simple, c'est que vous en parliez à mon père, non ?

À nouveau il a senti comme un courant d'air qui passait entre eux deux, quelque chose comme le fantôme de Max qui s'immisçait dans le grand bureau et qui ne devait pas rester là, parce qu'alors tout le fragile édifice qu'il construisait lentement risquait de s'écrouler, pressentant que c'était là l'obstacle principal, qu'il suffisait à tout moment que Max apparaisse comme un hologramme dans la pièce pour faire comme un mur entre eux deux. Et c'est ce même mur qu'elle avait éprouvé soudain le besoin de monter, sans même se rendre compte combien ça avait été une sorte de défense naturelle et inconsciente, pourvu de se protéger de lui, comme si à chaque fois qu'elle dirait « mon père », il apparaîtrait là, dans un coin de la pièce, et qu'elle se réfugierait derrière lui, comme une enfant timide qui s'agrippe à la jambe d'un adulte.

Oui oui, il a dit, mais enfin ce sera plus simple

si tu me laisses un téléphone, que je puisse donner tes coordonnées.

Oui bien sûr, elle a dit.

Tu as peut-être des compétences particulières ?

Pardon ?

Je ne sais pas, tu parles anglais ? Tu as déjà travaillé ?

Un peu, oui, dans... et bifurquant à l'intérieur d'elle-même, hésitant un instant à dire la vérité, elle a repris : ... dans un bar.

Ah oui ? Dans un bar ? Ça t'a plu ?

Oui oui.

Mais à partir de là, il ne s'intéressait pas plus aux phrases qu'il prononçait qu'à ses réponses à elle, chaque mot venu seulement combler ce temps qui lui permettait de s'installer en haut de la situation – cela qu'elle n'a pas tardé à comprendre, du moins il y a une part d'elle que ça a plus qu'effleurée, qu'il avait d'autres idées en tête, quand à chaque seconde qui passait si lentement, on aurait dit qu'il avait un sismographe dans la poche pour mesurer les vibrations qu'elle dégageait, en même temps qu'il s'approchait doucement, très doucement, de ce qu'il faudrait bientôt appeler l'épicentre – à ceci près que le séisme n'avait pas encore eu lieu, pour l'heure seulement les mouvements invisibles de plaques se subsumant et glissant sur cette sorte de magma mû par son seul désir. Et puis voilà, de même qu'en tectonique survient l'instant du choc, de même elle a senti sa main à lui qui se posait sur la sienne en même temps qu'il lui disait :

Je vais faire ce que je peux pour t'aider.

Elle a senti sa respiration se couper, comme un clou qu'on aurait enfoncé dans une horloge pour en arrêter l'aiguille, et elle n'a plus bougé pendant de longues secondes, interdite en somme, le cerveau à l'arrêt, c'est-à-dire non pas réfléchissant ni hésitant mais seulement suspendue, avec cette information nerveuse qui était bien montée là, dans son cerveau, mais s'y était bloquée, comme un ascenseur entre deux étages.

Je ne saurais pas vous dire, a-t-elle expliqué aux policiers, combien de temps j'ai mis à la retirer, cette main prise sous la sienne. Je me souviens juste que j'ai fini par le faire et que je l'ai glissée dans l'autre encore libre, et que je me suis levée – pas assez vite, penserait-elle plus tard, c'est-à-dire pas d'une manière qui aurait signifié que rien n'était possible, du moins c'est ce qu'elle supposerait rétrospectivement, mais rétrospectivement seulement.

Aussi, gêné peut-être ou bien vexé, tout ce qu'il a trouvé à faire pour à la fois clore l'entretien et tendre un pont vers l'avenir, ce fut de se lever à son tour en disant :

Bon. Je vais voir ce que je peux faire pour toi, tandis qu'il retournait sans hésiter vers son bureau pour y prendre un stylo et un petit carnet sur lequel il lui demanderait d'écrire son numéro de portable – ça aussi, oui, c'était son truc, a-t-elle mentionné à la police, cette manière de laisser entendre qu'il ne la traitait pas comme n'importe qui et qu'il notait son numéro dans un carnet personnel. Il y a des gens comme ça, elle a dit, capables de vous faire croire qu'il n'y a que vous au monde.

À son tour il lui a tendu sa carte de visite, celle avec les armoiries de la ville et son nom imprimé – pas donnée, tendue, et elle se souvenait très bien de l'instant où la carte était entre leurs deux mains, comme suspendue dans l'air au-dessus d'un précipice, et qu'il la retenait légèrement. Elle pouvait sentir ça, la passerelle de papier qui les liait tandis qu'elle n'osait pas tirer plus fort pour la lui prendre. Et alors il a dit : Si tu as besoin de quoi que ce soit, n'hésite pas à m'appeler. Et seulement là, il a lâché prise. À nouveau elle l'a remercié, avec cette fois la carte dans la main qu'elle ne savait pas où ranger pendant que lui, rompu à ces fins de rendez-vous, la raccompagnait jusqu'à la porte, avec ce qu'il fallait de sa main dans son dos pour la pousser vers la sortie et lui faire comprendre une dernière fois qu'il s'occuperait de son cas.

5

C'était sûr qu'il la rappellerait, pensait-il, la seule question c'était de savoir quand – lui qu'on pouvait voir derrière les grandes fenêtres de son bureau, l'observant disparaître sous le porche de pierre, tandis qu'ayant regardé l'heure il portait son téléphone à l'oreille et demandait à Max de venir le chercher. Max aussi l'a vue sortir de la mairie, sa grande fille dans sa robe de laine, garé quant à lui au fond de la cour, assis au volant de la berline municipale, à attendre qu'on l'appelle comme un simple taxi, et la suivant des yeux à l'ombre des pierres brunes. On aurait dit qu'avec le maire ils s'étaient passé le relais du regard – deux caméras suffisamment synchrones pour couvrir le champ de sa réalité à elle, comme aussi bien une régie de télévision se serait tenue prête à basculer d'un écran l'autre. Max ne l'a pas abordée ni osé ouvrir sa vitre quand elle a pourtant longé la carrosserie de sa voiture, sa longue silhouette qu'il a vue s'éloigner dans son rétroviseur et qui marchait si vite – elle, l'esprit trop occupé à repasser le film de son rendez-vous, assez soucieuse pour ne même pas le voir. Il ne l'a pas abordée non plus, parce qu'au moment où elle passait comme une ombre devant lui, son téléphone sonnait, et c'était Le Bars. Alors aussi vite Max a mis le contact et avancé la voiture jusqu'au pied du perron, est descendu comme d'habitude pour ouvrir la portière arrière en même temps que Le Bars lui disait : Au Neptune, Max, je suis en retard. Et se remettant au volant, Max a démarré nerveusement comme il savait faire, passé l'étroite porte qui mène hors de l'enceinte, et puis il a dit au maire : C'est marée haute aujourd'hui, il va falloir passer par-derrière.

Dans cette ville c'est ainsi : les jours de grand marnage la mer se tient là, à même niveau exactement que la ville qui s'étend en arrière, au point que depuis la route on pourrait la toucher quand par temps calme on la croirait d'asphalte et marcherait sur elle comme sur une esplanade. Et alors si d'aventure le vent et la houle ont pactisé au large pour pousser l'océan plus durement vers la terre, la route qui longe la mer est close, noyée sous les vagues qui viennent mourir dessus. Ces jours-là, il faut faire un détour par les rues derrière pour quitter la vieille ville qui fait comme une île de granit au bord de l'engloutissement. Ils auront parlé de ça, le maire et son chauffeur, des grandes marées de plus en plus violentes et de ce qu'ils imputaient au changement climatique, qu'à ce rythme ici ce serait un jour comme Venise, une ville de canaux et de murs défraîchis, qu'à la place d'une voiture bientôt il faudra un zodiac pour vous emmener, a dit Max au maire. Et puis s'engouffrant dans le silence qui suivait, il a demandé si ça s'était bien passé avec Laura. Et Le Bars attendait la question, comme un batteur la balle au moment du lancer. Alors faisant mine d'être occupé de pensées toutes lointaines, il a semblé revenir à la réalité comme on sort du sommeil, disant : Comment ? oui, oui, très bien… on va voir ce qu'on peut faire pour elle.

Vous allez lui trouver un logement ?

Je vais essayer, il a dit.

Et déjà Max ralentissait à l'approche du Neptune, au loin le voiturier qui bientôt se précipiterait sur la portière pour accueillir le maire et le faire entrer là, dans la grande salle panoramique qui dominait la mer, où régulièrement il avait rendez-vous avec quelque banquier ou promoteur ou personnel politique et parce que c'était comme ça, au Neptune il y avait tout ce que la ville comptait de notables et d'édiles s'y rencontrant si souvent – se faisant croire les uns aux autres quand ils se saluaient, que seulement un heureux hasard les rassemblait, au point que si quelque rencontre ainsi fortuite devait aboutir à quelque opportunité lucrative, eh bien, c'était que ce même hasard, comme une épaisse fumée destinée à masquer le calcul ou la collusion, avait aussi bien fait les choses qu'à Rome autrefois on se serait rencontrés dans la vapeur d'un bain. Et le Neptune était si ancré dans les mœurs de la ville que le maire lui-même, en eût-il seulement le désir, n'aurait pu s'en dispenser – quant à Le Bars encore moins, parce qu'il y était comme un poisson dans l'eau, y croisant si volontiers d'autres poissons de même espèce, dont l'un précisément l'attendait à sa table, qui se nommait Franck Bellec et portait un costume blanc.

Il n'y a pas cinquante personnes avec un costume blanc dans cette ville. Il y a les prêtres le dimanche à la sortie des églises, peut-être certains mariés le samedi à la mairie, et puis il y a Franck Bellec, gérant du casino et proche ami du maire, celui-là même qui venait de donner sa veste au serveur et s'asseyait à l'instant à la table. Et faisant d'un regard le tour de la salle pour s'assurer que personne ne pouvait l'entendre, saluant d'un geste de la main tel ou tel qui s'installait un peu plus loin, il a dit presque en chuchotant :

Vous ne devinerez jamais qui sort de mon bureau.

Non ? a dit Bellec.

La fille de Max Le Corre.

Lui, Bellec, jusqu'alors détendu devant la mer qui s'étalait jusqu'aux rebords des baies vitrées, il s'est reculé sur sa chaise, ravalant sa salive au nom de Max Le Corre.

Et Le Bars le savait, que ce nom-là n'était pas pour Bellec une simple donnée dans les annales de l'état civil, plutôt un vieux grimoire qu'on aurait ouvert trop brutalement, avec lui la poussière oubliée d'un temps qui soudain vole à nouveau dans les airs.

La fille de Max ? il a dit.

Oui, a repris le maire, vous la connaissez, non ?

Je croyais qu'elle était à Rennes.

Elle y était, oui, mais elle est revenue chez son

père. C'est lui qui me l'a envoyée. Il voudrait que je lui trouve un logement.

Et à chaque fois que se prononçait le prénom de Max, il n'aurait pas fallu avoir un stéthoscope posé sur le cœur de Franck pour en mesurer les tressautements, et quoiqu'il conservât cet air d'indifférence qu'il savait affecter, s'efforçant de manger comme si on parlait du temps qu'il fait.

Ah... et qu'est-ce que vous comptez faire ? il a demandé.

Je ne sais pas, a dit le maire, je ne peux pas lui sortir un appartement comme ça par un coup de baguette magique.

Et Franck répondait machinalement par des « oui », « c'est sûr » en même temps qu'il aurait voulu continuer à penser « Mais pourquoi tu me parles de ça ? ça ne me concerne pas », et peut-être plus encore « Je ne veux pas que ça me concerne », du moins jusqu'à ce que Le Bars ajoute :

On peut peut-être l'aider, en attendant.

Alors Franck a relevé les yeux de son assiette, la fourchette arrêtée dans l'élan qui la menait vers sa bouche et il a dit :

Comment ça « on » ?

Mais il n'y avait pas besoin que le maire en dise plus pour qu'il ait déjà compris, c'est-à-dire pour qu'il embrasse aussi vite la situation, comme si jusqu'alors il avait été le nez dans les détails d'un grand tableau et que soudain il s'était reculé de quelques mètres pour le voir en entier – en entier toute la demande du maire et en entier déjà, sûrement, toute sa complicité, à cause des vieilles et complexes relations qu'ils entretenaient. Cela, c'était de notoriété publique, malgré tout ce qui de prime abord les distinguait tellement, l'un l'air propret et sérieux dans ses costumes cintrés sur l'embonpoint qui gagnait, l'autre inexorablement associé à la face sombre et souterraine du monde, celle-là que la blancheur de son costume, non seulement ne rachèterait jamais, mais exposait plus encore, comme les phares d'une voiture à l'heure du crépuscule vous rappellent que la nuit va tomber. Et Le Bars a continué :

Franck, vous pourriez lui trouver quelque chose…

Je… je ne suis pas sûr d'être la bonne personne.

Et si quelqu'un autour d'eux avait suivi leur conversation, à partir de là il l'aurait trouvée bien opaque, incapable de saisir ce qui se disait vraiment sous des mots aussi abstraits que « on » ou « quelque chose », rompus qu'ils semblaient être, les deux hommes, à cette grammaire des pronoms et des points de suspension, comme deux mafieux qui auraient pour code d'honneur de ne jamais désigner les choses par leur nom. Ce qu'on pouvait comprendre en revanche, c'est qu'ils avaient déjà eu ce genre de conversation, pour ne pas dire la même, sinon comment se seraient-ils compris dans l'usage d'un lexique si réduit, dont les données concrètes semblaient cachées dans les recoins d'une langue qui déployait sous elle l'évidence d'une réalité partagée ? Et comment, sinon, Franck aurait-il pu répondre :

Je… je ne sais pas, normalement, les chambres, c'est pour le personnel du casino, pas pour…

Et il avait regardé à son tour à droite et à gauche, craignant d'avoir parlé trop fort et trop clairement. Et Le Bars semblait s'attendre à la réserve de Franck, parce que d'une part il le connaissait bien, parce que d'autre part on aurait dit que lui, le maire, avait eu le temps, dans la voiture qui l'avait amené là, de se projeter le film exact de leur discussion, comme une partie d'échecs qu'il aurait déjà jouée, et répondant aussi vite :

C'est ce que je lui ai dit aussi.

Comment ça ? Vous lui avez dit quoi ?

Que je pourrais l'aider à trouver un travail.

Dans *mon* casino ? L'aider à trouver un travail dans *mon* casino ?

Et Le Bars ne voyait pas où était le problème de fournir un travail à une gamine en galère, quand de son côté Franck ne voyait que ça, le problème, se disant : Bon, elle lui a tapé dans l'œil, d'accord, mais ce n'est pas possible, il ne peut pas faire ça… en même temps qu'il connaissait Le Bars, cet air austère sous les sourcils épais mais toute l'énergie capricieuse qui palpitait dessous, aussi entêté qu'un enfant trépignant, gardant cette sorte de dignité un peu froide de qui n'a, c'est sûr, aucun problème avec sa conscience.

Je ne crois pas que ça vous engage beaucoup et par ailleurs…

Et Franck n'a pas eu besoin d'entendre la suite, pas eu besoin d'entendre ce qui se disait déjà entièrement et violemment dans la seule locution « par ailleurs », à cause de la manière dont Le Bars s'était arrêté de lui-même en pleine phrase. Alors Franck silencieux avait déjà compris, déjà interprété le « par ailleurs », non comme une carte maîtresse que l'autre s'apprêtait à abattre sur la table, mais le simple rappel que leurs deux destins étaient assez liés pour qu'il ne puisse se désolidariser comme ça, à savoir : ce que tout le monde savait, que le bureau de Bellec n'était rien d'autre qu'une succursale de la mairie, là où se prenaient des décisions plus importantes qu'au conseil municipal, au point que certains avaient surnommé l'endroit le « ministère des finances », et Bellec le grand argentier de la ville. En un sens, il était cela, Franck Bellec, un trésorier de premier ordre, au point que pas un maire ni un banquier ni je ne sais quelle huile locale n'aurait fait l'économie de ses visites au prince – quelquefois, oui, on l'appelait le prince, et c'était une affaire entendue par tous que le pouvoir dans cette ville avait deux lieux et deux visages, celui du maire et celui de Bellec et qu'alors dans ce « par ailleurs » qui résonnait encore aux oreilles de Franck, Le Bars n'avait fait que rappeler ce qu'ils étaient l'un pour l'autre : deux araignées dont les toiles se seraient emmêlées il y a si longtemps qu'elles ne pouvaient plus distinguer de quelle glande salivaire était tissé le fil qui les tenait ensemble, étant les obligés l'un de l'autre, comme s'ils s'étaient adoubés mutuellement, dans cette sorte de vassalité tordue et pour ainsi dire bijective que seuls les gens de pouvoir savent entretenir des vies entières, capables en souriant de qualifier cela du beau nom d'amitié. Oui, c'est tout cela, toute cette « amitié » qui était soudain sertie dans l'expression « par ailleurs », et que Le Bars n'avait nullement besoin de déplier hors d'elle-même pour que Franck mesure à quel point, si quelqu'un un jour donnait un coup de balai sur le plafond, les deux araignées tomberaient en même temps, et toute la ville avec eux – comme suspendue elle aussi à une corde à linge qu'à tout moment la colère d'une Parque ou d'une Filandière risquait de rompre.

Et qui aurait pu soupçonner que cette Parque serait une jeune fille de vingt ans, d'un prénom moins mythique que Lachésis ou Clotho mais dans ses mains les mêmes ciseaux aiguisés qu'elle menaçait maintenant, sans le savoir, de refermer sur le fil ténu de leurs toiles ? En tout cas c'est tout cela que Franck Bellec interprétait déjà comme une menace lointaine, trop lointaine et trop déconnectée de son caprice à lui, Le Bars, pour qu'il en prenne la mesure, au point qu'à l'instant où tomberait le « Vous me devez bien ça », dans le cerveau de Franck cette fois ce ne serait plus un simple voile qui embrumerait la vue mais tout un mur de pierres qui soudain s'agrégerait pour faire un écran noir. En d'autres termes, le maire venait de lui signifier plus franchement que d'habitude, dans une langue moins économe que d'habitude que s'il refusait, d'autres à moins d'une lieue à la ronde n'attendaient que ça, que Bellec se retire.

Bon, a-t-il lâché, on peut essayer.

Et tandis qu'il abandonnait la victoire à Le Bars, tandis que son regard glissait sur les faisceaux de soleil tombant sur la moquette, il se perdait soudain dans chaque grain de cette poussière qui s'était soulevée et tournoyait doucement dans l'air, comme des éclats de quartz ou de mica qu'il aurait observés au microscope. Au milieu de toute cette poussière lumineuse, quelque chose en lui semblait savoir qu'il venait de transformer son casino en un gigantesque dépôt de munitions, du genre dont Laura elle-même était le principal baril de poudre, du genre dont Max Le Corre lui-même, pensa Franck, était désormais l'allumette qui ne demandait qu'à être craquée.

6

Dans toutes les histoires il y a cela, un passé minéral qui sert de socle à tous, du genre qui dans les livres se rédige au plus-que-parfait, paysage de ruines qu'on trouve en arrière-plan sur certains vieux tableaux. Puisque donc ils se connaissaient bien, Max et Franck, ou plutôt s'étaient bien connus, mais avec l'âge ou la méfiance, quand dans les petites villes on soupçonne qu'on cohabitera jusqu'à la mort, alors on apprend à trouver la bonne distance, et de mille jours passés comme des frères on sait plus tard se saluer poliment comme si presque il ne s'était rien passé. À peine dans le regard on se souvient qu'on fut proches, mais dans chaque embrassade maintenue par habitude se dessine encore, comme en ombre portée, le chemin fait ensemble. Or de chemin fait ensemble, pour Max et Franck, il y eut des kilomètres, quand durant tant d'années Bellec ne fut rien de moins que le manager de Le Corre, et même, plus que son manager : l'homme qui l'avait poussé dans la carrière, l'avait accélérée, la carrière en question, pour ne pas dire construite – au point que sans Franck, a souvent dit Max, il ne serait pas devenu ce boxeur professionnel qu'à l'entendre il n'avait jamais voulu être.

Mais le fait est que plus jeunes nos talents nous obligent, surtout si quelqu'un vient les pointer du doigt dans une salle de banlieue et fait miroiter pour vous la couleur de l'avenir. Surtout si cet homme s'appelle Franck Bellec et que son costume blanc brille déjà dans les couloirs de la ville – lui, si longtemps seul à se croire l'allure d'un prince quand dans la nuit désargentée il arpentait les bouges et saluait toutes les mains comme, je ne sais pas, un apprenti dealer qui sait déjà qu'il prendra le pouvoir. Et ce même costume blanc si raillé, si anachronique, si soumis au plus éculé des imaginaires, on aurait dit que c'était comme un défi qu'il s'était lancé de le hisser en haut de la nuit, une sorte de contrat intérieur qui le liait intimement à ce qu'on nomme l'ambition, et dont on finirait par croire qu'elle se réduisait à cela même : faire passer la blancheur de son costume de la risée collective au respect absolu.

De là peut-on dire que Max fut le premier étage de la fusée Bellec, quand le voyant boxer, il avait senti qu'il tenait le billet gagnant de sa loterie nationale à lui. S'il y a une chose qu'on ne peut retirer à Franck, c'est l'intuition qu'il eut ce jour-là, dont peut-être il fut le premier surpris qu'elle soit si pénétrante et bientôt si lucrative : fastes années, donc, où on avait pu voir Max lever les bras sur les rings avant même que l'arbitre n'officialise la victoire, l'adversaire au sol peinant à se relever d'une défaite par k.-o., tout ce temps où la lumière des salles de boxe était plus irradiante que celle du jour. Mais si de cette clarté Max était le soleil, celui qui se développait comme une plante à la lumière de ses rayons, plus vite qu'un arbre tropical dans une serre, c'était Franck.

Même Marielle, même l'épouse de Max à l'époque n'a pas mis longtemps à le comprendre, qui n'aimait pas Franck, ni tant la boxe non plus, et vit au fil du temps s'effacer l'homme qu'elle avait épousé – et qu'est-ce que ça changeait, d'être mariée ou non, depuis qu'à la place de l'adolescent au regard vacillant, elle avait dû se mettre à subir en Max le pugnace boxeur se jetant corps et âme dans la folie de son sport – et va pour le corps, penserait-elle, mais l'âme c'est autre chose. Oui, l'âme c'est autre chose, lui qui semblait en avoir fait don à Franck par on ne sait quelle métempsychose, mû par cette foi presque animale que l'autre, Franck toujours, s'évertuait à lui transmettre sans fatigue. À force, on aurait dit qu'il avait déposé dans le corps de Max toute l'énergie excessive qu'il ne pouvait dépenser lui-même – lui, Franck, plutôt petit et sec à force de nervosité mais qui de partout exsudait cette brutalité mal logée dont la boxe semblait le premier exutoire, et le corps de Max la première procuration. À l'heure des matches on pouvait le voir, au premier rang ayant l'air de souffrir plus que Max encore les coups qu'il recevait avant de venir lui taper dans le dos entre les rounds et l'embrasser sur le front quand il gagnait.

Quelquefois même il lui remettait le bouquet de fleurs qu'on lui demandait d'apporter, tandis que Max levait les bras sur l'hymne tonitruant du vainqueur, tous les deux conscients que cette musique un peu assourdissante de cuivres et de percussions n'était pas le point final de la soirée mais plutôt le générique d'un autre monde qui s'ouvrait, c'est-à-dire : le monde sans fin de la nuit. Et Max d'être accueilli comme un enfant prodigue par toutes les huiles de la ville, quand tout soudain s'ouvrait des parcs et des villas qui donnaient sur la mer, des piscines et des soirées qu'on donnait en son honneur en le déposant là, tout en haut sur son trône, sans qu'il sente à quel point ils préféraient tous leur place à la sienne. Et Bellec le premier. Parce que ce genre de place, par atavisme ou expérience, ils savaient combien elle était montée sur de si fragiles pilotis déjà rongés par les termites. Eux tous, ils se seraient bien gardés de poser un seul pied sur la plate-forme déjà pourrie qui lui servait de trône, laissant seulement le champagne couler dans leurs verres depuis le haut de la pyramide et applaudissant si volontiers l'homme couronné, comme si celui-là, par exemple Max à l'heure de ses victoires, était le gouverneur d'une île imaginaire, et qu'il était seul à ne pas le savoir.

Cette île-là, il faut dire, était régie par d'étranges lois écrites à l'encre invisible, du genre qui dans les contes n'apparaissent qu'en transparence sur les vieux parchemins et que beaucoup ne savent pas déchiffrer, en tout cas pas lui, Max, qui s'en tenait volontiers à la surface glacée du papier où il apparaissait quelquefois dans les magazines, photographié par surprise, en roi des gloires nocturnes. Seulement que parmi ces lois immuables, l'une est pourtant écrite en caractères plus gras que les autres dans le grand livre de la nuit : qu'à tout roi il faut une reine. Or à cette loi Max ne dérogea pas. D'ailleurs elle avait un prénom de reine : elle s'appelait Hélène. Et c'était la sœur de Franck.

On dit que c'est à cause d'elle qu'il chuta, on dit qu'elle en avait fait tomber d'autres et qu'elle dévastait tout sur son passage. On dit qu'elle était la plus fatale de toutes les putes de la côte bretonne et qu'elle avait ce sixième sens de toujours pressentir où se trouvait l'argent, ou non pas l'argent – car cela, tout le monde l'a toujours su – mais la faille de qui l'avait, comme si tout son corps n'avait été qu'un détecteur de métaux capable d'aimanter d'un seul tenant la fortune et le cœur d'un homme. Alors savoir comment et quel jour elle était entrée dans la vie de Max, cela s'était perdu dans les ombres du temps mais, portée par la nuit comme un pollen dans l'air, elle a fini par tomber dans ses bras sous la lumière d'une boîte de nuit, puisque c'était là le monde exotique que Max avait adopté, et son biotope à elle – abeille plus que pollen en vérité, fécondant du regard tous les hommes-fleurs assis près des comptoirs. À Max donc il arriva d'en être, de ce monde inversé où certaines femmes butinantes se glissent volontiers dans la corolle des hommes et les délestent alors de toutes leurs étamines, à ceci près que les étamines ici ont la forme de billets de cent euros que par dizaines ils sortent de leur poche et distribuent sans compter – elles, guêpes plutôt qu'abeilles, qui ne pollinisent rien du tout, plutôt disséminent les graines au gré des verres, Hélène plus acharnée que toutes, ayant fait admettre cette loi tacite et inaliénable que c'était son prix et sa liberté à elle, la plus onéreuse et la plus libre des hôtesses.

Max, dira un jour Hélène à Laura, c'était comme un gros cochon en porcelaine que la boxe remplissait de pièces d'or et que toutes les nuits on s'acharnait à casser en mille morceaux pour le vider. Après quoi elle était là pour recoller les morceaux, c'est-à-dire lui redonner le faux amour par lequel il serait encore rentable, assez solide pour qu'on le remplisse à nouveau de grosses pièces sonnantes et trébuchantes et puis qu'on le casse à nouveau, et ainsi de suite. Et alors de deux choses l'une : soit il ne se rendait compte de rien, soit ça lui convenait.

Mais s'il en est une à qui ça ne convenait pas, c'était Marielle bien sûr, qui de tout cela n'était pas dupe. Mais par quel tour de l'orgueil il advient qu'on hiérarchise en sa propre faveur et qu'alors, par amour ou patience ou espoir, à croire en somme que ce n'était qu'une passade, elle, Marielle, aura cru longtemps résider au cœur d'une vérité plus digne et plus pleine d'avenir, du genre d'avenir que Max alimentait de mille promesses qu'ils s'étaient faites l'un à l'autre, que la boxe, ils le savaient, ça ne durerait qu'un temps, que dès qu'il le pourrait il décrocherait : dès qu'il le pourrait, cela voulait dire dès qu'il aurait mis assez d'argent de côté pour le genre de vie future que les couples ont le don d'inventer, pourvu d'y trouver l'illusion de ce qui les tient ensemble, mais l'illusion seulement quand dans le même temps il continuait de s'enfoncer dans la nuit royale, de sorte qu'à chaque promesse faite à Marielle, elle finissait par voir à travers une glace sans tain d'où elle pouvait observer la vie sans bords de son mari, la vie somptuaire et pour ainsi dire florale de son salaud de mari.

Est-ce cette expression que Marielle employa devant leur fille de treize ans tandis qu'elle remplissait leur valise et s'apprêtait à partir ? En tout cas pour Max ce fut plus inaudible encore, d'entendre un soir d'octobre la phrase définitive qu'elle ne prononcerait qu'une fois, disant exactement : Je m'en vais, Max, je te quitte, puis s'évanouissant dans le soir brumeux, la porte à peine claquée mais assez close pour qu'il comprenne aussi vite qu'il n'y aurait pas de retour. Ni pour elle ni pour Laura. Et lui qui n'avait rien vu venir, lui qui se croyait encore coiffé de sa couronne royale pour les mille nuits prochaines, d'un coup ce fut comme le carrosse du conte transformé en citrouille – à ceci près qu'à Max, c'est vrai, on n'avait jamais dit qu'il y avait un minuit.

Et que ce minuit dût se prolonger plusieurs années, de cela non plus on ne l'avait pas prévenu, prisonnier qu'il sembla d'une chute qui n'en finissait pas, s'éloignant des salles de boxe sans que personne ne cherche à l'y ramener, pas même Franck Bellec, surtout pas Franck Bellec à qui un certain Le Bars récemment élu venait de proposer la gestion du casino. C'est comme ça donc que la fusée blanche largua dans l'espace son premier étage désormais inutile, Max comme des lambeaux de métal qui exploseraient dans la nuit dont l'éclat ne serait plus l'éclairage des piscines dans les parcs des villas, plutôt les néons des bars à l'heure de la fermeture, avec ce teint jaunâtre qu'on se trouve forcément dans le miroir des toilettes, et l'envie de frapper à mains nues dans son propre reflet.

7

Parmi les premières choses dont Franck a parlé à Laura, il y eut cela : qu'il n'aurait jamais imaginé voir Max boxer à nouveau, que ton père, non, ça je ne l'aurais pas cru, et ça me rappelle des vieux souvenirs. Tu sais, a-t-il ajouté, on a été très amis avec ton père, comme s'il avait éprouvé le besoin de se justifier auprès d'elle maintenant assise là, dans ce bureau à peine plus modeste que celui du maire, et quoique d'un autre style – la rotonde vitrée et le grand aquarium, sur le côté les étagères vernies qui accueillaient quelques souvenirs du temps passé : là, derrière une vitrine éclairée de l'intérieur, posés en équilibre comme des roses dans un vase, il y avait même une paire de gants de boxe, écrit sur le socle de métal qui les soutenait « Max Le Corre, champion de France 2002 », faisant comme une sainte relique qu'aucune fâcherie postérieure n'avait pu abîmer, aussi fixes que des armoiries centenaires exposées aux portes de la ville. Max lui-même qui n'avait dû franchir qu'une fois ou deux les portes du bureau de Franck, s'il y a une chose dont il pouvait être certain, c'était que ces gants-là n'avaient pas bougé, et qu'ils étaient toujours la grande fierté de Franck autant que la sienne. Et tandis que le même Franck voyait Laura les fixer, surprise peut-être de les trouver là, il se remerciait tacitement d'y avoir contribué, trop orgueilleux pour le souligner d'un « Tu sais que c'est grâce à moi que ton père a... », mais fier plus encore de pouvoir le taire, régnant si haut sur la ville qu'il ne se souciait pas qu'elle le sache. Parce que s'il est une chose qu'il pouvait soupçonner Max de n'avoir jamais dit à sa fille, c'était cela : que sans lui, sans Franck Bellec, Max n'aurait jamais été le boxeur qu'il fut. Et Franck de reprendre qu'il n'aurait pas pensé la revoir, Laura, dans sa ville natale, que la dernière fois qu'il l'avait vue elle était si petite, dix, douze ans peut-être, et déjà très jolie, n'a-t-il pu s'empêcher de lui dire tandis qu'elle s'était assise à son invitation près de la vitre ronde qui tenait toute la mer. Il n'a pas osé demander des nouvelles de Marielle – et quoiqu'il aurait pu : elle lui aurait répondu que pour elle, tout ça était une histoire très lointaine et plus close que la vieille ville, elle aurait ajouté que les années passant elle ne l'aimait toujours pas et ne rêvait pas de le revoir, lui, Franck, mais non plus Max, qu'elle n'avait recroisé si souvent que pour qu'il voie sa fille grandir.

Mais Franck n'a rien demandé, ni posé aucune question sur ce qui l'avait fait revenir là, encore moins ironisé sur les panneaux publicitaires où lui aussi l'avait vue et forcément reconnue, de même qu'entendu le murmure anonyme qui circulait comme le vent dans les rues, que oui, la bombe érotique qui posait en sous-vêtements sur les abribus, c'était la fille de Max Le Corre. Encore moins dirait-il à Laura que là, au fond d'un tiroir, il avait conservé ce magazine dont à seize ans elle avait rempli les doubles pages centrales, celles où de sous-vêtements il n'était plus question.

Elle, les yeux perdus comme une enfant, elle les aura laissés glisser le long des murs et de la mer toujours qui par la baie venait se refléter sur la grande vitrine où trônaient les coupes des boxeurs, à côté les photos de toutes les personnalités qui un jour ou l'autre avaient cru bon d'en passer par la chancellerie locale pour poser avec lui, Franck, dans la gloire toute relative des lieux. Même, sur l'une d'elles, elle a croisé le visage de son père avec je ne sais quel ministre ou président du début du siècle, son père encore jeune qui souriait dans son short couleur platine, les cheveux teints en blond qu'il avait à vingt ans, à côté d'eux Franck toujours, son costume blanc qui attirait l'œil comme un fétiche dont on n'aurait su dire s'il portait bonheur, mais qui, dans la répétition de sa présence sur chaque photographie, semblait concentrer le destin de tous ceux-là qui souriaient dans la nuit artificielle. Et peut-être parce que le même Franck était aussi en chair et en os devant elle, elle eut le sentiment qu'il avait réussi son coup, réussi à rabaisser chacun à l'ironie de son passage sur terre quand dans son costume blanc on l'aurait dit d'albâtre et presque déjà mort, lui, comme ces crânes posés sur un bureau dans le coin d'une peinture baroque, qui couvrent de vanité tous les objets du tableau. Lui-même alors, parcourant à nouveau les images au prisme de son regard à elle, on peut lui prêter cela de sentimental peut-être, qu'il s'est coulé un instant dans la nostalgie de Max et de leur amitié.

Bon, mais ce n'est pas pour ça qu'elle est venue, a pensé Franck, et comme il la faisait asseoir sur la chaise de cuir en face de lui, il a dit :

Tu sais que tu m'as été vivement recommandée ?

Elle a essayé de sourire sans savoir elle-même si c'était par gêne ou par complicité.

Le maire m'a dit que tu cherchais un travail.

Oui, enfin, non, un logement, elle a dit, je suis allée le voir pour un logement, enfin c'est mon père qui…

Ah bon, tu ne cherches pas de travail ?

Si, aussi mais…

Non, parce que la règle ici, c'est que je loge seulement celles qui travaillent.

Celles qui travaillent ?

Oui les filles qui…

Vous voulez dire les entraîneuses ?

Ça l'a surpris un instant, Franck, arrêté même et puis se disant, c'est bien la fille de Max, oui, même mélange de faiblesse et d'orgueil, de soudaine morgue qui essayait de faire comme un sursaut d'amour-propre au cœur même de la servilité – oui, il a pensé des choses comme ça, peut-être en moins élaboré mais quand même, des choses noires et condescendantes, tellement il a senti qu'elle disait ça pour montrer qu'elle n'était pas dupe, mais ne pas être dupe n'a jamais suffi dans la vie pour ne pas céder – ne pas céder, a-t-il pensé, c'est autre chose, une autre force, une autre nature, et qu'alors ma pauvre fille, tu fais la maligne mais il n'empêche que tu es là. Alors sans vraiment ciller il a repris :

Nous, on dit plutôt hôtesse mais si tu y tiens, entraîneuse ça marche aussi.

Et la dureté, a dit Laura plus tard, quand elle est assumée, elle est insurmontable. La seule issue, ce serait de partir en courant mais bizarrement ça ne fait pas ça, bizarrement ça fait comme une décharge électrique qu'on donnerait à un chien pour qu'il n'y revienne pas – oui, ça m'a fait ça, dira-t-elle, c'est fou, hein, ça ne m'a pas énervée, non, ça m'a domptée.

Je peux faire une exception pour toi, a repris Franck.

C'est-à-dire ?

Tu ne serais pas tenue de travailler.

Et à cause de la densité de son regard à cet instant, Franck a pensé qu'elle allait simplement se lever et partir, qu'elle n'avait pas l'intention d'être une exception, encore moins qu'on la prenne ainsi en pitié au nom de son père ou pire encore, de ses beaux yeux. Mais ce n'est pas ce qu'elle a fait. Elle a seulement repris :

J'ai besoin d'argent.

Oui, je comprends. Mais je ne suis pas sûr que… Et il s'est interrompu lui-même, à cause des mots qu'il ne voulait pas dire… Disons que tu pourrais travailler derrière le bar, tu ne serais pas obligée de… et concluant aussi vite : ce sera provisoire de toute façon, en attendant que Quentin te trouve un vrai logement.

Quentin ?

Le maire… son prénom… c'est Quentin…

Or non seulement dans sa tête il était loin, le maire, mais elle s'est rendu compte qu'elle ne connaissait pas son prénom ou qu'en tout cas elle ne l'avait jamais isolé de son patronyme, alors d'entendre « Quentin » tout seul, c'était comme se retrouver trop vite dans une intimité qu'elle n'avait pas demandée.

Et pour ce qui est de ton père, a repris Franck, tu n'auras qu'à lui dire que…

Mais cette phrase non plus, il n'a pas réussi à la finir, comme si par cette sorte de lapsus, il avait laissé apparaître la seule chose qui le travaillait depuis qu'elle était entrée là, comme une douleur ancienne dont il se serait cru guéri et qui soudain se réveillait, du genre d'un morceau de fer qu'un chirurgien aurait laissé à l'intérieur d'un corps après l'opération et qui, s'oxydant, se rappelle bien plus tard au souvenir des organes. À Franck ça a fait ça, maintenant que Laura était assise là, c'est-à-dire avait détruit le périmètre de sécurité qu'il croyait avoir établi pour toujours avec Max mais que désormais, contre son gré, cet imbécile de Le Bars avait piétiné.

Je dis ce que je veux à mon père, elle a dit, ça ne le regarde pas.

Et de sentir monter ce mur qui séparait si clairement le père et la fille, pour Franck ce fut comme une libération.

Il faut que je te présente Hélène, il a repris, c'est elle qui s'occupe de la salle. Et se levant pour l'inviter à le suivre, de cet air presque complice qu'il savait prendre, il a ajouté : c'est ma sœur.

Tous les deux côte à côte sont descendus d'un étage vers la grande salle de jeux déjà pleine à cette heure du jour – et quoique du jour rien ne paraisse derrière les noires moquettes murales qui bordaient toute la salle, encore moins sur le comptoir d'acier qui délimitait le bar et sur lequel se reflétaient les lampes tombées du haut plafond, de cet éclairage un peu mauve et tamisé qui croit savoir habiller la nuit, du moins la codifier même en plein jour, pourvu d'y faire oublier l'ordre du temps. Et pour sûr que ce ne serait pas elle, Hélène, assise là sur son haut tabouret, qui remettrait le temps à l'endroit – elle découronnée par les années mais toujours sœur de Franck, posée là près du bar comme une mascotte usée, ayant subi ce vieillissement accéléré qui tombe comme un couperet sur les gens de la nuit : à trente-cinq ans, on lui en aurait donné dix de plus, quand pour elle le temps s'était transformé en un dieu punisseur qui avait décidé de faire tomber ses joues et de gonfler ses paupières de tout l'alcool en surplus que son sang n'aurait pas absorbé.

Hélène, a dit Franck, je te présente Laura… elle va travailler avec nous. Puis, essayant de faire passer l'affaire pour un simple détail, il a ajouté : C'est la fille de Max.

Et ce fut une chance pour lui que Laura ait déjà tendu la main vers Hélène, l'obligeant à conserver le regard calme qu'elle allait perdre, masquant alors, dans l'instant de leurs présentations, sa sidération. Parce que c'est sûr qu'à l'intérieur d'elle, Hélène, tout s'est noué très fort au prénom de Max, comme une aigreur qui prend au creux de l'estomac en même temps que là, sur ses traits, sur son visage de cernes et d'ombres, il n'y paraissait rien, c'est-à-dire que tout prêtait à croire qu'elles étaient inconnues l'une de l'autre. Et en un sens c'était vrai, attendu que Laura n'avait jamais entendu parler d'Hélène, attendu que ce prénom n'avait jamais franchi les lèvres de sa mère, ni rien qui fît mention d'une pute princière ayant ruiné leur couple. Elle, Marielle, s'en était tenue à des formules plus laconiques et plus définitives du genre que « Max, voilà, tu es en âge de le comprendre, c'était une erreur de jeunesse ». Max quant à lui n'avait plus adressé la parole à Hélène depuis sa longue chute dans la nuit sans boxe, l'ayant croisée forcément au détour d'un trottoir mais, enfermé qu'il était dans cette forme de bouderie mutique et paranoïaque, il avait rompu net avec tout ce monde dont il s'était cru si bêtement le roi indétrônable.

Hélène n'a pas poussé le mensonge jusqu'à sourire à Laura, conservé plutôt cette réserve un peu inquiète que le regard suivant reverserait sur son frère, à peu près comme si elle lui avait dit : Tu ne comptes quand même pas que la fille de Max travaille ici ? Tu ne comptes pas qu'elle fasse la pute pour toi ? Et Franck pouvait lire chaque mot écrit dans les yeux noirs de sa sœur, essayant à son tour d'écrire la réponse dans les siens, lui faire comprendre qu'il n'avait pas eu le choix, que ça venait de plus haut et que ce serait très provisoire. Mais qu'elle, Hélène, sût lire ou pas dans les yeux de son frère, elle est descendue de son tabouret et elle a lancé à Laura : J'ai à faire, nous nous recroiserons forcément.

Et la regardant s'éloigner sur ses hauts talons qu'elle ne quittait jamais, aimantée presque par sa démarche si assurée, Laura s'est reprise et elle a demandé à Franck :

Et pour le logement ?

Ah oui, il a dit, c'est vrai, pour le logement... tandis que lui aussi s'était laissé porter par la silhouette de sa sœur s'éloignant, comme il aurait saisi n'importe quel prétexte pour suspendre le temps et surtout ne pas agir, surtout ne pas enclencher le mécanisme qu'il savait presque irréversible – avant de se résigner donc à l'amener tout là-haut dans les chambres.

Elle a suivi Franck dans l'escalier qui menait sous les toits de l'immeuble, dans le long couloir aux portes numérotées, anciens greniers depuis longtemps transformés en chambres – mieux que de simples chambres, des studios plutôt, avec un grand Velux qui inondait la pièce de lumière et d'où, se mettant sur la pointe des pieds, elle pouvait voir la mer et les hauts rochers noirs qu'aucune grande marée ne venait recouvrir. Puis elle avait continué de faire le tour de la pièce en s'efforçant de le remercier – lui, calé dans l'embrasure de la porte qu'elle voyait dédoublée dans le grand miroir mural, il a dit :

Ce n'est pas moi qu'il faut remercier, tu sais, c'est le maire.

Et d'un air difficile à lire, du genre qui se serait bien passé de poursuivre sa phrase mais avait le devoir de le faire, il a ajouté :

Il m'a dit qu'il passerait voir si tu es bien installée.

Alors soudain la mer que l'instant d'avant elle contemplait si légèrement, soudain elle lui a paru se retirer très loin, comme on dit qu'il advient avant les raz-de-marée, se préparant à revenir d'une seule vague par-dessus les immeubles. Et pour seule manière de marquer sa surprise elle a demandé :

Qui ?

Même à lui, Franck, c'était pénible de répéter ce nom qu'il prononçait pourtant plusieurs fois par jour, pénible de l'imaginer entrer là, connaissant dans ses grandes lignes le scénario à venir, mais enfin il l'a dit quand même, il a dit « Le Bars ». Elle, elle a cru qu'elle avait mal entendu, elle a repris :

Comment ça ? Passera où ?

Et déjà Bellec s'éloignait dans le couloir sans vraiment répondre, glissant sur autre chose, disant : Je te laisse t'installer, pour la salle tu verras avec Hélène, s'éloignant toujours, faisant comme si la visite de Le Bars était une chose aussi entendue pour elle que pour lui, quand le formuler lui avait assez coûté comme ça, et que ce n'était pas à lui, estimait-il, de la préparer à ce qui nulle part ne devrait être su. Peut-être, d'avoir senti qu'elle était sincèrement surprise, à Franck ça a fait comme une piqûre à l'intérieur de lui, de mesurer soudain qu'elle était plus naïve ou plus jeune qu'il ne l'avait estimé, mais qu'est-ce que ça changeait ? Rien qui justifie qu'il vienne s'interposer entre deux êtres majeurs et responsables, voilà ce qu'il s'est dit, Franck, que ce n'était pas son histoire, et d'autant qu'à Franck, ce qui lui restait de cœur, il avait su l'isoler depuis longtemps, comme on fait d'un instrument dans une pièce insonorisée.

8

Et que Franck l'ait avertie n'y changea rien : il y a des mondes dans le cerveau qu'on ne parvient pas à emboîter si rapidement. Alors quand elle a ouvert la porte devant lui, Quentin Le Bars qui souriait à demi, pour elle c'était comme une photo découpée dans un magazine et qu'on aurait collée là, dans l'ombre du palier – lui, la saluant à peine gêné, attendant qu'elle lui dise d'entrer, comme aussi bien elle aurait dit à un employé du gaz de venir relever le compteur, à ceci près qu'avec sa chemise blanche un peu tendue par la courbure de son ventre, sans la cravate qu'il avait dû enfouir juste avant dans sa poche, non, il ne ressemblait pas à un employé du gaz.

Tu vois, il a dit, j'ai tenu ma promesse…

Et alors elle, vingt ans, étudiante, lui, quarante-huit ans, maire de la ville, elle a souri comme elle avait appris à le faire, elle a reculé pour le laisser entrer et lui sans hésiter l'a embrassée sur les deux joues. Dans son regard elle pouvait lire le mélange de – non, c'est plus tard, seulement plus tard, a-t-elle dit, qu'elle a cru déchiffrer ça, cet air un peu inquiet qu'il portait comme d'une enfance qui n'en finit pas, ses sourcils épais qui se soulevaient légèrement, qu'à travers eux on aurait pu croire qu'il portait quelque chose de la bienveillance ou bien de l'inquiétude du monde, ou bien – mais non, il n'y avait rien de tout cela, seulement le fait que même le diable n'a pas toujours un costume rouge ni des flammes dans les yeux.

Et Le Bars faisait déjà le tour de la pièce, comme s'il avait eu besoin de s'habituer à l'endroit, ou qu'il avait soupçonné la présence d'un micro caché quelque part, ou bien se demandant si lui-même pourrait habiter un endroit comme ça, du moins Laura a pensé ça, que tous les humains quand ils entrent n'importe où, dans un château ou un taudis, se demandent toujours s'ils pourraient y vivre, moi en tout cas je suis comme ça, a-t-elle dit aux policiers, capable d'habiter en rêve toutes les maisons du monde – mais peut-être que j'ai un problème avec habiter, elle a dit.

Et Le Bars dans la chambre toujours, il n'avait pas besoin de se mettre sur la pointe des pieds pour regarder dehors, par-delà le grand Velux qui cadrait l'horizon, le ciel gris jusque sur les remparts qu'on voyait s'avancer sur la mer, tout cela qu'à l'instant il regardait comme une ville étrangère, un visiteur qui bientôt repartirait dans son lointain pays. Et puis très doucement, très posément, il a dit : Tu es bien ici.

Elle a fait oui de la tête sans oser le prononcer, tandis qu'il avait tourné le dos à la lumière et marchait autour du lit comme un rôdeur cherchant par où franchir un mur d'enceinte, s'arrêtant, hésitant encore, et puis d'un coup, voilà, il s'est assis au bord du lit.

C'est seulement à ce moment, elle a dit, que j'ai compris que dans cette chambre il n'y avait rien d'autre pour s'asseoir que le lit – rien d'autre d'où respecter cette distance qui lui aurait peut-être évité la suite mais qui là, à moins de dire sèchement non, à moins de le rendre ridicule à lui-même dans sa position assise, cette distance, ce n'était pas possible, il fallait qu'elle fonde comme neige au soleil.

Moi, toujours debout, elle a dit, vous comprenez, c'était comme si je l'avais mis mal à l'aise ou que je manquais aux convenances, voyez-vous, et lui il devait le sentir parce qu'il n'y est pas allé par quatre chemins, il a lancé : Tu ne t'assieds pas ?

Elle a juré aux policiers qu'elle ne s'était pas assise tout de suite, un œil vers le grand miroir qui renvoyait sa silhouette maladroite, un autre à l'intérieur d'elle pour essayer de prendre la mesure de ce qui se passait, parce qu'à cet instant, et à cet instant seulement, dans les quelques secondes où elle hésiterait à s'asseoir, elle a compris qu'elle allait prendre une décision, comme une signature en bas d'un contrat qu'il serait difficile de rompre et dont elle aurait par avance accepté toutes les clauses, signé tous les avenants qui n'étaient pas encore écrits mais dont elle sentait que chaque mouvement représentait des pages entières noircies d'obligations.

Et tout ce que je peux vous dire, elle a repris, c'est que ce qui nous étouffe quelquefois, ce n'est pas la panique de l'instant, plutôt la vue qu'on a soudain sur son propre futur.

Ils se sont regardés à nouveau, les deux policiers, se demandant de plus en plus à qui ils avaient affaire, à force de cette manière un peu digressive, un peu désaffectée aussi, qu'elle avait de raconter son histoire, comme si elle ne lui appartenait pas vraiment, comme si elle se regardait elle-même la raconter sans qu'à aucun moment, non, elle n'ait cherché à les prendre par les sentiments – sa manière à elle, finiraient-ils par comprendre, d'y parvenir. Et alors elle a continué :

Mais ce contrat, en fait, je l'avais déjà signé.

Comment ça ? a demandé le flic.

Je veux dire, c'est l'image que j'ai eue à ce moment-là, l'image de toutes ces pages que je tenais dans mes mains et qu'il était trop tard pour déchirer devant lui, trop tard pour lui demander de partir maintenant, lui, le maire de la ville, non, je vous dis, c'était signé.

Et alors, oui, elle s'est assise, sur le rebord du lit, à côté de lui, pas trop près mais quand même. Et dans le silence qui suivit entre eux deux, sous la signature qu'elle venait de déposer là sur la dernière page, il y eut comme une forêt immense qui avait poussé d'un coup, faite de mille signes minuscules que l'un et l'autre essayaient de déchiffrer à la vitesse de la lumière – lui, sa disponibilité à elle (il aurait pu penser : sa fragilité mais non, il a pensé : sa disponibilité), elle son désir à lui (elle aurait pu penser : sa vulgarité mais non, elle a pensé : son désir). Et alors, très lentement, sans un mot de plus, il a pris sa main dans la sienne.

C'est à cet instant précis que ça a vraiment eu lieu, elle a dit, pas celui d'après, non, pas plus tard. Pas même quand j'aurais son sexe dans la main, elle a dit – oui, crûment elle dirait ça, quand jusqu'alors elle avait été si rétive à livrer les faits dans leur simplicité, c'est-à-dire dans leur brutalité, et puis soudain c'était sorti comme ça, sans le moindre détour, une simple histoire d'organes qui n'auraient pas dû se rencontrer et parce que peut-être ça aurait été pire pour elle de ne pas le dire comme ça, de persister dans tous les silences et les périphrases qui depuis un moment déjà laissaient flotter l'image en elle et pour dire quoi ? Une chose qui pouvait tenir dans le plus simple énoncé du monde – son sexe à lui, donc, dans sa main à elle.

Oui, elle a repris, quand j'ai senti la paume tiède de sa main, c'était comme si ma propre main n'était plus la mienne, et qu'alors c'était toute l'énergie du vivant en moi qu'il avait réussi à saisir, à contrôler ou magnétiser, je ne sais pas, en tout cas à partir de là il a pris le pouvoir et alors quand il a soulevé ma main, quand il l'a approchée très doucement de sa ceinture, au contraire, si je peux expliquer ça, au contraire à partir de là c'était comme si le monde se recomposait doucement, je veux dire, comme si tout ce qui suivrait, chaque geste ou parole qui suivrait, ils n'étaient pas là pour augmenter le souffle de l'explosion mais bien pour garantir que tout ça était logique, que tout ça était cohérent et comme ordonné par un dieu que je ne connaissais pas mais qui avait l'air de savoir ce qu'il faisait – en tout cas je m'en suis remise à lui, le dieu inconnu, pour tout ce qui se passerait dans cette chambre ce jour-là.

Lui, Le Bars, il a pris le temps qu'il fallait, comptant les secondes peut-être, comme un anesthésiste à l'heure de l'opération attend l'effet de la piqûre, si la dose de curare ou je ne sais quel produit surpuissant, si c'est la bonne quantité dans le bon corps, c'est-à-dire si elle n'allait pas crier ou se lever d'un bond ou le gifler mais moi, elle a dit, non, je n'ai pas bougé, je veux dire, pas plus qu'il n'aurait voulu que je bouge à cet instant, juste ma main qui se déplaçait comme un objet inanimé vers lui, c'est-à-dire vers la forme déjà raide de son sexe.

Là, devant les deux policiers, elle a laissé traîner un long silence qu'ils n'ont pas osé interrompre, comme si elle réfléchissait à l'ordre des choses et le recomposait si difficilement.

Il a dit qu'il pourrait m'aider, elle a repris. Je l'ai fait parce qu'il a dit cela d'abord : je veux t'aider, Laura.

Il a mis sa main sur la vôtre, cela vous en êtes sûre ?

Elle a juste fermé un peu les yeux en guise d'acquiescement.

Mais ensuite ?

Ensuite, ensuite je ne sais pas. Son regard peut-être. Ou une légère traction de sa main ou bien moi toute seule qui ai cru que... Elle, se taisant à nouveau d'un regard vers le sol.

Que quoi ?

Que ça se passait comme ça.

Comment ça, a dit le flic, qu'est-ce qui se passait comme ça ?

Je ne sais pas. Ce genre de choses. Que forcément si vous en êtes là, forcément au bord d'un grand lit dans une chambre avec un homme comme lui, eh bien, voilà, vous, oui, vous le faites.

Vous le faites ?

Oui, vous le faites, c'est-à-dire que vous laissez sa main vous guider jusqu'à son sexe et vous comprenez qu'il vous appartiendra d'entreprendre – et elle a dit ce mot-là, entreprendre, que c'est elle qui l'a entrepris.

Il ne vous a rien demandé ?

Non. Pas vraiment.

Donc vous l'avez fait de votre propre volonté ?

Non, je vous dis, c'était ce que je devais faire, ça ne veut pas dire que c'était ma volonté.

Et les deux flics commençaient à s'agacer, insistant :

Attendez, vous dites qu'il ne vous a rien demandé ?

Non, rien. En tout cas il n'a pas dit « Déshabille toi » ni « Allonge-toi », non, il n'a pas dit une phrase comme ça.

Et pour une raison simple, a-t-elle compris depuis : qu'il avait besoin de se mentir à lui-même, c'est-à-dire quelque chose en lui avait besoin de quitter la chambre avec le sentiment qu'il n'y était pour rien, que ce n'était pas lui, mais bien elle qui avait agi, que son corps à lui avait seulement cédé mais jamais rien de sa volonté propre, que, oui, c'est par surprise qu'il s'était retrouvé avec sa main à elle sur son sexe à lui, c'est par surprise qu'il a basculé la tête légèrement en arrière, que soudain il n'était plus lui-même mais comme envoûté par cette salope qui ne pensait qu'à avaler son sexe, et que lui, qu'a-t-il fait sinon céder aux lois incontournables de la nature ? Qu'a-t-il fait sinon lui rendre service à elle qui cherchait la chaleur de son sexe ? Voilà toutes les pensées qu'il consolidait pour longtemps, le genre de pensées dont il aurait besoin pour se faire passer à lui-même l'amertume de son vice, à moins que non : c'est le genre de pensées dont *elle* aurait besoin, Laura, de l'imaginer amer ou coupable ou simplement triste pour à son tour supporter la sienne propre, d'amertume ou tristesse, quand dix minutes plus tard il s'était relevé si vite, rhabillé si vite – si vite encore évanoui dans le soir, à peine un regard en refermant la porte.

9

Et vous n'avez pas eu l'idée de porter plainte à ce moment-là ? a demandé le policier.

L'idée ? L'idée, oui, peut-être, mais alors elle a dû être aussi furtive qu'une comète dans la nuit, parce que je ne m'en souviens pas. Ce jour-là, si je peux dire, j'ai plutôt porté plainte contre moi-même.

Et en un sens c'est ce qu'elle a fait, Laura, une heure plus tard allongée sur la plage, les yeux dont elle ne savait plus si elle devait les fermer ou bien au contraire les laisser se remplir de vent humide, la mer basse qui doucement remontait pour la border bientôt, avec cette chose si étrange qui semblait lui tenir compagnie, si intime et si indésirable, cette honte peut-être qui n'en finissait pas de bruire en elle, de sorte que ni les roches ni l'eau calme n'auraient pu suffire pour qu'enfin le murmure se taise entre ses tempes, se taise et puis se dépose là, comme une arme abandonnée au pied des remparts, recouverte assez par les algues et les lichens, ou bien qu'une brise l'emporte sur la surface de l'eau mais non, cela n'a pas eu lieu. Elle n'a rien vu des promeneurs sur le sable ni des roches découvertes, à peine les chiens qui couraient au bord de l'eau ni les glaneurs de coquillages le dos penché vers le sol, non, elle n'a rien vu de la vie paisible qui sait se poursuivre à côté du malheur, ou non pas le malheur mais l'hébétude, espérant qu'en fumant et fumant encore elle ferait passer l'odeur trop salée ou trop âcre de sa sueur – elle, sous le soleil voilé d'une fin d'après-midi, quelquefois il fallait qu'elle se relève pour sentir le vent encore frais et puis quoi ? Regarder l'horizon pour se souvenir qu'il y en avait un, quand il lui semblait qu'aucune clarté ne suffisait à l'élargir – oui, c'est ce que ça lui a fait après, dès qu'elle est sortie en fait, a descendu les escaliers en courant pour chercher l'air du dehors, et se mettant à marcher, marcher beaucoup dans la ville et puis sur les rochers et puis elle s'est posée là, sur la grande plage, comme une baleine échouée que l'eau bientôt recouvrirait, et alors espérant qu'elle puisse un jour reprendre le large, que les flots bientôt porteraient son âme sonore et qu'à nouveau elle courrait parmi les mers du globe. Mais pour l'heure il lui semblait seulement que du fond de l'océan toutes les déesses de la mer se dessinant sur l'écume chuchotante avaient décidé de lui parler, ou non pas lui parler mais pérorer comme elles savent si bien faire en commentant l'action. Et c'était comme un coryphée antique posé au coin du soir, une assemblée tenue par cinquante naïades qui psalmodiaient autour d'elle : Oh qu'as-tu fait, Laura ? Qu'as-tu fait ?

Elle, tout ce qu'elle avait envie de leur dire, en les écoutant chanter sur le bord de l'écume, c'était qu'elles arrivaient trop tard, qu'avec les dieux c'est toujours la même chose, ils débarquent après la bataille et on dirait que leur joie consiste à alimenter les regrets comme on souffle sur des braises. Et elle les entendait presque rire, la regardant de cet air espiègle que seuls les êtres imaginaires peuvent conserver dans l'air acide, répétant comme une chorale d'enfants : Oh qu'as-tu fait, Laura, qu'as-tu fait ?

Il a bien fallu qu'elle quitte la plage à la nuit tombante. Il a bien fallu qu'elle remonte là, dans cette chambre dont elle avait ouvert le Velux pour que l'air, l'odeur et le sens de ses actes, tout s'y renouvelle. Il a bien fallu qu'elle se lave, longtemps, sous l'eau très chaude. Il a bien fallu encore qu'elle sorte de son sac la boîte d'anxiolytiques qu'elle emportait partout, du genre que dans la mode elle avait appris à consommer sans modération. Et presque ça a marché, l'eau, les médicaments, le sommeil. Elle s'est réveillée le lendemain et tout paraissait loin. Elle s'est même dit que voilà, c'était fait, c'était fini, ils étaient quittes.

Oui, voilà ce que j'ai pensé, a-t-elle repris devant les policiers, que maintenant c'était fini, maintenant j'étais chez moi et c'était fini – je vous jure que j'ai cru ça.

C'est-à-dire ? Vous avez cru ça ?

Il y a certaines choses, elle a continué, je ne suis pas sûre que vous puissiez les comprendre.

Ah non ? ils ont fait.

Et dans le silence qu'elle laissait s'installer, elle réfléchissait à comment leur expliquer, comment leur dire que la seconde marche, elle a repris, la seconde marche, elle est bien plus haute que la première.

Et de fait, c'est vrai, ils n'ont pas eu l'air de comprendre, pas plus que si on leur avait mis sous les yeux une équation mathématique réduite à son expression la plus abstraite – eux, collégiens de bonne volonté mais dont le tour d'esprit n'aurait pas été formé à ce genre de métaphores pour qu'apparaisse autre chose qu'une image pour ainsi dire littérale d'escalier et de marches inégales.

Que le plus dur, elle a repris, ou bien le pire, ou bien le plus absurde, ce n'est pas de passer de zéro à un mais bien de un à deux, je veux dire, vous comprenez, passer de la première à la deuxième fois.

Vous voulez dire qu'il y a eu une deuxième fois ?

Le lendemain. À la même heure. On est venu me chercher au bar, on m'a dit : Il t'attend.

Qui ça « on » ?

Je ne sais pas. Quelqu'un.

Et vous y êtes allée ?

Oui.

Alors le policier qui continuait de taper le récit sur son ordinateur, comme si cette fois il ne pouvait pas continuer d'enregistrer une plainte qu'il jugeait de plus en plus irrecevable, il s'est arrêté et il a dit :

Je ne comprends pas. Vous pouviez très bien dire non à ce moment-là.

Peut-être, elle a dit. Je ne sais pas. Et presque énervée ou bien continuant de réfléchir à voix haute, elle a poursuivi : Vous savez pourquoi la deuxième fois est pire que la première ? Eh bien parce que dans cette fois-là, dans cette deuxième fois, il y a toutes les suivantes.

Et l'autre flic plus calme, qui avait peur de casser quelque chose dans la mécanique désormais huilée de son récit, il a dit sur un ton plus doux : Oui, bien sûr, je comprends.

Non, je ne pense pas, elle lui a dit, que vous compreniez vraiment, non, je ne le pense pas, parce que tout simplement ce n'est pas possible, pas du tout possible parce qu'alors, tout simplement, vous en sauriez plus que moi, et ça, eh bien, ça n'a aucun sens. Et sur la dernière syllabe elle avait posé ses coudes sur le bureau, comme un point d'exclamation qu'elle aurait voulu mettre à la fin de sa phrase, du genre qu'aucune langue n'était vraiment capable de traduire.

Peut-être c'est votre métier de rassembler les faits, elle a repris, et même de les faire tenir ensemble comme un château de cartes, mais moi je vous dis qu'il suffit que je m'en approche, il suffit que je respire à peine et déjà votre château, je le fais s'effondrer. Et vous savez pourquoi ? Parce que c'est mon château, avec mes cartes.

10

Elle a dit qu'elle se souvenait de chaque fois dans le moindre détail, qu'elle pouvait les décrire une par une, la couleur du ciel et les quelques minutes où il était sur elle, ou bien elle sur lui, ou bien... Elle a dit que ça ne durait jamais longtemps, à cause de cette manière de faire qu'ont tous les politiques, de venir en plein jour entre deux rendez-vous, et ne voulant rien d'autre qu'assouvir au plus vite ce désir masculin si maladif et si urgent à la fois. Elle a dit aussi qu'à force, c'est vrai, elle oubliait qu'elle s'était glissée là à son corps défendant, comme si ce n'était pas possible de rester absente à sa propre chair si souvent, oubliant presque qu'elle le faisait pour quelque chose, ce logement dont elle n'osait pas reparler mais dont elle comprenait au fil des jours qu'elle ne verrait jamais la couleur, à moins qu'au contraire elle s'y accroche silencieusement pour justifier ses actes à ses propres yeux – mais sans doute c'était là l'un des rouages les plus subtils de la machine, qu'au fil des jours il parviendrait à rendre leur relation comme nécessaire en deçà de son but, en deçà du pur marché qu'ils semblaient avoir conclu tacitement, comme un pacte tribal dont l'objet de l'échange se serait oublié à mesure du caractère mécanique et rituel de l'échange.

Et tous les soirs ou presque elle l'attendait, vers cinq heures, son seul client en quelque sorte, quand assise sur un tabouret au bar du casino, Bellec se postait à l'autre bout du comptoir, regardait Hélène comme s'il lui demandait la permission et alors s'approchait de Laura, lui signifiant qu'il était là, le maire, qu'il venait d'arriver et qu'il l'attendait là-haut. Alors elle s'excusait auprès des clients, elle avalait d'un coup la flûte de champagne qu'on venait de lui offrir, et elle disait : Je reviens. Et Franck, n'osant regarder Hélène, la suivait des yeux vers l'escalier mal éclairé qu'elle commençait à monter. Et Hélène alors ne manquait pas de marquer son agacement, posait violemment son verre sur le comptoir d'acier, ostensiblement encore elle se levait et souvent se postait à la fenêtre dont elle entrouvrait les rideaux toujours tirés. C'était sa manière à elle de désapprouver, en regardant dehors, en obligeant son frère à se souvenir qu'il y avait là en contrebas, dans une berline noire aux vitres fumées, un vieux boxeur qui attendait sans se douter de rien. Et alors elle restait là de longues secondes, le regard fixe, à se demander comment c'était possible.

De la mairie au casino, il faut dire, n'importe qui aurait pu faire le trajet à pied dix fois par jour, mais Le Bars, non, c'était toujours en voiture, sans que

Max lui-même sache si c'était par pure paresse ou bien par discrétion – ou bien par cynisme, aurait-il pu ajouter si seulement il avait su. Et s'il y a un itinéraire dont Max connaissait chaque centimètre de bitume, c'était celui-là, qui menait de la cour de l'hôtel de ville jusqu'à l'arrière du casino, longeant les vieux galions qui assiègent les remparts, et puis se glissant sur le parking à l'abri des regards, non pas devant les marches de moquette rouge qui faisaient croire aux clients qu'ils étaient importants, mais la petite porte qui menait à l'escalier de service et par laquelle depuis des années Le Bars venait rendre visite à Franck, c'est-à-dire demandait à Max de le déposer là et lui disant au son de sa portière claquée : Attendez-moi ici, je n'en ai pas pour longtemps.

Mais qu'aurait-il pu savoir, lui, le chauffeur, tout ce temps assis dans sa voiture au pied de l'immeuble, en profitant pour incliner un peu son siège, poussant le volume de l'autoradio et se réjouissant d'être enfin seul pour lire son magazine de boxe, sifflotant sur l'air de variété qui sortait de la radio ? Alors imaginez-le, Max Le Corre, les doigts qui tapotent sur le volant, porté par la mélodie de je ne sais quel chanteur américain, tandis que quelques mètres plus haut, l'autre aussi, le maire, se laisse porter à sa manière mais les yeux dans le vague – le montage alterné qu'on ferait dans un film entre sa voix à lui, Max s'époumonant sur le refrain de la chanson, et puis sa tête à elle, Laura, que la main du maire appuyait un peu plus fort sur son ventre pour qu'il puisse sentir le fond de sa bouche avec son sexe, et alors c'était comme si le père à tue-tête cherchait à couvrir de sa voix ce qu'il n'avait aucune raison de savoir, qu'il ne fallait pas qu'il sache, qu'il ne devrait jamais savoir. Et comme on dit qu'il est terrible pour des enfants de se représenter leurs parents en leurs ébats sexuels, peut-être c'est pire encore pour un père de se représenter sa fille qui.

Mais ce n'était pas le cas. Il ne se représentait rien. Il chantait ou dormait ou lisait ce magazine dans lequel, c'est sûr, il y avait un article sur son adversaire et leur prochain combat, lui se préparant déjà à la salle d'entraînement qu'il rejoindrait dans une heure et sans non plus savoir quelle rage supplémentaire il pourrait ajouter dans chaque sac de sable qu'il taperait sans mesure.

Et c'était tout ça qu'Hélène embrassait du regard depuis les fenêtres du premier étage, se disant que ce n'était pas possible, toute cette ironie qui rendait la voiture plus noire encore et cet homme si naïf qu'elle avait bien connu. Elle avait dans la tête le visage de Laura qu'elle voyait se durcir quand Franck venait lui parler dans l'oreille, la même Laura qu'elle savait voir revenir quinze minutes plus tard, descendre les dernières marches qui menaient là, sur la moquette épaisse de la salle de jeux. Même, au fil des jours, a remarqué Hélène, elle le faisait de mieux en mieux, à cause de cette capacité qu'elle avait de croire maîtriser la situation, ayant logé son orgueil à cet endroit précisément, se persuadant en redescendant l'escalier, en regagnant la salle et le regard d'elles toutes qui savaient d'où elle venait, se persuadant que sa force provenait du regard droit qu'elle parvenait à conserver, comme un cascadeur peut-être qui sortirait d'une voiture en flammes et, se sachant regardé, conserverait son flegme.

Alors Hélène à force, dans cette sorte de montage du regard qu'elle projetait un instant sur le père, un instant sur la fille, vint un jour où elle n'y tint plus : voyant Max ouvrir la portière arrière, le voyant s'avilir sous ses yeux, un jour plus qu'un autre peut-être elle s'est dit que ce n'était plus possible. Et peut-être ce jour-là plus qu'un autre parce qu'elle a entendu leur conversation sur le parking. Elle a entendu Le Bars qui regardait les chiures de mouettes sur l'aile arrière de la voiture et qui concluait : Dites, Max, elle est très sale, cette voiture, il faudrait penser à la laver.

Vous avez raison, a dit Max, je vais m'en occuper.

Oui, à ce moment-là elle s'est dit que ce n'était pas possible. Et lâchant le pli du rideau qu'elle maintenait entrouvert, s'éclipsant à son tour loin des lumières du bar, à peine Le Bars s'était glissé à l'intérieur du bâtiment qu'elle est descendue jusqu'au parking dehors, ses hauts talons qui frappaient le sol, érotisant l'air de sa seule démarche. Max sans doute ne l'a pas vue venir de loin mais comme elle a contourné la voiture par l'avant, comme elle a longé le pare-chocs sous ses yeux, il n'a pas pu ne pas la voir qui s'approchait de lui et bientôt se posterait à la vitre du conducteur.

Ça lui a fait bizarre, à Max, de la revoir de si

près, toutes ces années où il l'avait évitée ou ignorée, entrevu sa silhouette quelquefois au loin mais gardant cette distance maximale dont il avait eu besoin pour fuir ses propres démons, elle maintenant penchée, à presque s'accouder à la portière de sa voiture, ses seins maintenus hauts et l'haleine pleine d'alcool qu'elle avait à cette heure. De si près soudain, il ne l'a pas trouvée si défraîchie ni boursouflée, plutôt senti comme un précipité du temps où ses deux visages à elle, l'ancien et le nouveau, se mélangeaient assez pour qu'il retrouve jusqu'au souvenir qu'elle lui avait laissé de sa jeunesse, du temps où son éclat se réfléchissait dans tout l'étage du casino, sur la peau de Max, sur le costume blanc de Franck.

Il a hésité à lui dire d'aller se faire foutre, qu'il n'avait rien à lui dire et ce genre de choses, mais toutes ces années en vérité avaient édulcoré sa colère, de sorte que là, le visage tendu vers l'avant pour ne pas la regarder dans les yeux, il essayait de convoquer une rage qui le fuyait. Non, elle n'était plus la reine maléfique qui l'avait attiré au fond de la nuit, plutôt une pauvre femme qui s'était approchée de sa voiture avec un drapeau blanc, et presque une sœur de douleur, a-t-il senti. Alors quand elle a dit : Salut Max, ça fait longtemps, avec cette voix de grosse fumeuse qui en seulement cinq ans s'était largement éraillée, il a tourné la tête vers elle et il a marmonné : Salut, sachant que dans ce seul mot, dans la seule fonction phatique du mot, il soldait beaucoup de comptes – et presque, en un sens, se réconciliait avec lui-même. Et c'était vrai : tant qu'il gardait par-devers lui la noirceur des jours passés, tant qu'il n'avait pas été capable de repeindre cette chambre-là de sa mémoire, quelque chose le gênait qui soudain se défroissait en accueillant ainsi par la vitre de sa voiture, non pas seulement Hélène, mais tout un pan de sa propre histoire – et sans savoir encore que certaines pièces de la mémoire, il vaut mieux ne pas les rouvrir, pas même les aérer pour croire en faire partir la poussière, au contraire les garder cadenassées, et accepter toute sa vie de s'y tenir. Et comme il venait d'en faire sauter le cadenas, il fallait bien qu'il s'attende à ce que dans la pièce ouverte il retrouve tout intact, à commencer par le philtre de désir qui l'avait enivré mille fois, et dont le charme, se rendait-il compte, pouvait encore opérer.

Et c'est à croire qu'ils firent sauter le même cadenas au même moment, que de seulement plonger dans les yeux l'un de l'autre, ils avaient utilisé le même pied de biche pour forcer la même porte, bouffée de luxure qui sembla les saisir en silence – eux, quelques heures plus tard allongés sur un lit, transportés par magie des années en arrière, conscients de l'artifice mais la joie cotonneuse de retraverser un tel état, comme deux figurines qu'on secouerait dans une boule à neige, oui, un temps ils eurent droit à ça, la réminiscence tout entière de leur histoire baignée d'alcool derrière les rideaux fermés de sa chambre à elle.

Mais quand allongée sur le dos elle s'est allumé une cigarette, quand l'ardeur et le désir s'évanouissaient lentement dans la tiédeur des draps, les yeux rivés vers le plafond, elle s'est souvenue que ce n'était pas pour ça qu'elle était venue le retrouver, pas pour la seule activation de ces heures nostalgiques. En tout cas c'est à ce moment-là qu'a resurgi l'image de Laura se levant de son tabouret, s'excusant auprès des clients, l'image de Franck qui venait de lui faire un signe de tête, quelque chose comme « Ce serait bien que tu y ailles », c'est-à-dire « Il t'attend ». Et dans ce même lit où tous les deux fumaient dans le silence, Hélène a lancé :

Tu ne peux pas laisser faire ça, Max.

Quoi ? Laisser faire quoi ?

Et elle aurait préféré qu'il comprenne à demi-mot, elle l'avait espéré, que quelque chose en lui fût suffisamment prêt à l'entendre pour qu'elle pût se passer d'enfoncer dans sa chair des noms propres qu'elle ne voulait pas prononcer, qu'elle ne prononça pas, disant seulement : Tu fais chier, Max, assise maintenant sur le bord du lit et commençant à se rhabiller pendant que dans sa tête à lui se levait cette sorte d'obscurité inquiète et de plus en plus noire, quelque chose comme le soleil recouvert par la lune lors d'une éclipse totale.

Ma fille est grande, il a dit, elle fait ce qu'elle veut.

Et tandis qu'elle refermait les derniers boutons de son chemisier, elle a ajouté : Oui, tu as sans doute raison, du moment que personne ne le sait.

Alors à son tour il s'est relevé dans le lit et les sourcils soudain froncés, il a demandé :

Quoi, personne ne sait quoi ?

C'est à ce moment qu'Hélène a compris qu'il ne

parlait pas de la même chose, c'est-à-dire que Max, oui, avait encaissé que sa fille travaille comme serveuse pour Franck Bellec, mais rien de plus, il ne savait rien de plus, ne soupçonnait rien de plus, n'imaginait rien de plus, comme si quelquefois certaines choses, on avait les moyens de les conserver ensevelies et invisibles. Mais elle n'a pas eu besoin d'en dire plus, Hélène, parce que sous son crâne il venait de faire le tour des possibles et que parmi ces possibles, bien sûr, il y avait le pire d'entre eux.

Qu'est-ce que tu essayes de me dire, Hélène ?

Et comme elle ne répondait pas, comme elle ne pouvait pas répondre, il a insisté en lui serrant le bras : Qu'est-ce que tu essayes de me dire ?

Elle a retiré son bras comme elle a pu, et puis elle s'est reculée en disant juste : Je, je suis désolée, je n'ai rien pu faire.

Et Max a essayé de concevoir l'hypothèse qu'il avait entrevue – parce que ce n'était qu'une hypothèse, n'est-ce pas, il fallait que ce ne soit qu'une hypothèse et qu'à ce titre il suffisait de la tordre lentement comme une barre de fer qu'on voudrait rendre inutilisable, et parce que Hélène, il la connaissait, elle avait toujours le sens du tragique et Franck ne laisserait jamais faire ça, et Laura était une fille solide, et continuant de tordre la barre de fer, c'est-à-dire continuant de refuser de voir ensemble, dans une même pièce, l'homme qu'il conduisait chaque jour et sa propre fille, mais les maintenant comme deux bulles séparées, séparément l'homme à l'arrière de la voiture et séparément encore Laura sa fille, et alors il était impossible de les rapprocher assez, comme chez l'orthoptiste quand il faut mettre l'animal dans le cercle, eh bien là, c'était pareil, si le cercle c'était le maire et l'animal sa fille, alors jamais il ne parvenait à la déposer elle dans son cercle à lui. Et parce que cette vérité criante, cette intuition qu'il ne pouvait pas ne pas avoir eue, il sentait soudain qu'il l'avait isolée dans un parc bien grillagé à l'intérieur de lui, comme une cage qu'il aurait surveillée en lui tournant le dos – et sans savoir qu'en même temps qu'il maintenait la garde devant son rideau de fer, derrière lui la bête creusait et creusait encore. Et sans doute elle a construit un des plus beaux souterrains qui soient, jusqu'à sortir exactement à l'endroit où il montait la garde, en pleine lumière lui soufflant au visage que bien sûr, tu le sais depuis longtemps, tu n'as pas voulu le voir : ta fille est devenue la pute de ton patron.

Et tout cela, toutes ces pensées en forme de ronde qui lui semblaient faire mille tours, tout cela n'a peut-être duré qu'un quart de seconde, le temps de soulever le drap qui le couvrait et de s'asseoir sur le bord du lit, Hélène silencieuse à ses côtés. Alors Max s'est levé, en silence lui aussi. Il s'est rhabillé lentement, mécaniquement, et puis il est sorti dans le jour naissant – le bleu triste de l'aube qui enveloppait tout, la ville, la mer, son âme, marchant au-dessus de la plage sans même y jeter un œil, avançant comme un automate qui sait ce qu'il a à faire.

Il est passé sous le porche de la mairie et il a rejoint sa voiture sur le parking. Il a regardé à nouveau les chiures de mouettes sur l'aile arrière. Il s'est dit que oui, elle était sale, il fallait la laver. Et c'est ce qu'il a fait. Il s'est mis au volant. Il a démarré. Il a roulé jusqu'à la station de lavage la plus proche. Il a calé la voiture dans les rails. Il en est sorti pour introduire la monnaie dans la fente de la machine. Il a appuyé sur le bouton vert et puis, indifférent à l'interdiction écrite en rouge, il est remonté dans l'habitacle. Il y avait le gardien dans sa guérite qui surveillait, qui est sorti en criant et tapant à la vitre close pour lui dire de sortir mais Max n'a pas bougé, le type s'écartant pour ne pas se faire lui-même embarquer dans les rouleaux qui commençaient à glisser sur leurs rails, déjà les premiers jets d'eau tiède opacifiant le pare-brise, bientôt la mousse blanche qui grisait la lumière et qu'il aurait aimé voir pénétrer à l'intérieur, comme par grande fatigue quelquefois on se laisserait glisser au fond d'une baignoire pleine.

Et puis voilà, les grosses brosses noires ont longé la carrosserie jusque sur l'aile arrière et retiré les chiures de mouettes. Max ensuite est ressorti de la voiture, a vérifié que tout était propre et puis il est reparti. Et dans la berline désormais rutilante, à nouveau sur les grands panneaux qui bordaient les avenues, comme des arbres de métal et de verre qui auraient voulu rivaliser avec les platanes, il pouvait encore lire les affiches qui annonçaient son prochain combat, les deux silhouettes les poings en avant sur fond d'étoiles, écrit en gros « Samedi 5 avril grand gala de boxe ».

Sauf que le 5 avril, c'était demain.

DEUXIÈME PARTIE

1

À demi inconscient sur la civière vacillante, avec tous les visages penchés sur lui quittant l'arène au ralenti et le regard vitreux, il voyait leurs bouches à tous qui formaient des grandes lettres et criaient fort au-dessus de son corps, mais c'était comme une paroi de coton qui le séparait du monde et il n'entendait rien – à peine s'il distinguait sa silhouette à elle, Laura, qui ne lui lâchait pas la main, comme si c'était elle, sa main, qui le maintenait dans le monde des vivants. Il pouvait deviner sur ses lèvres les quelques mots qu'on dit dans ces cas-là, son prénom répété et puis de tenir bon, tiens bon papa, semblait-elle articuler dans le même bruit ouaté, quand de toute sa force elle le protégeait du poids de la foule qui se pressait autour, les photographes surtout qui n'en finissaient pas de soulever leurs appareils pour faire pleuvoir les flashes sur tout son corps cassé, au loin les cinq cents spectateurs encore dans la pénombre qui ne comprenaient pas, ne pouvaient pas comprendre comment c'était possible, comment sur le ring de lumière ce n'était pas lui qui avait levé les bras très haut en signe de victoire qu'ils lui avaient tous attribuée à l'avance, mais bien l'autre, Costa, de sept ans son cadet, qui sûrement n'a pas donné cher de sa propre peau en montant sur le ring vingt minutes plus tôt et se demandait encore si c'était vrai, s'il avait vraiment vu s'effondrer sous ses coups Max Le Corre.

Eux tous, les spectateurs, comment auraient-ils pu savoir pourquoi ses jambes avaient eu l'air de se dérober sous le poids de son buste, son visage de s'offrir si facilement à la force des gants de son adversaire, soudain aussi frêle que la flamme d'une bougie qu'un enfant soufflerait, un temps vacillante au bord de l'extinction jusqu'à ce que, oui, la flamme lâche, et qu'il tombe vraiment, qu'il chancelle d'abord et puis tombe, ayant titubé tout ce qu'il pouvait sur le ring, ses jambes comme des quilles de bowling branlantes qui s'étaient retenues un temps de basculer, une main qui se tenait à la corde et qui avait fini elle aussi par lâcher. Même l'arbitre n'avait pas osé commencer trop vite le décompte, persuadé qu'à la seconde suivante, Max allait se relever et disputer la suite du combat. Mais la suite du combat, sur cette civière qui le maintenait allongé, désormais elle était entre lui et elle, sa fille, et ça consistait d'abord à rassembler les éclats de réalité qui se dispersaient dans l'air comme une vitre cassée et brassée par la foule, comme on imagine une chaloupe dans la grosse mer, ballottée au rythme aléatoire des ambulanciers qui se frayaient un chemin au milieu d'elle, la foule toujours, qui oscillait en tous sens et emportait chacun dans le même bain de mouvements hasardeux – et c'est à croire qu'il existe une vie autonome des foules, une vie qu'on partage au pluriel quand on abandonne son corps pour celui de nous tous indistincts, nous tous mus par une âme collective, tectonique et brouillonne, quand chacun comprend qu'il ne dépend plus de lui d'entrer ou de sortir ni de seulement défendre le peu d'espace où respirer mais qu'est venue l'heure de glisser aveuglément dans la vague et de se laisser faire par elle. Max, sur la civière, il ressentait cela, non plus la solitude de la défaite ni même la douleur diffuse de son squelette mais l'étrange bain d'éther d'où presque il souriait à eux tous, aux photographes, à Laura, et même à Franck, l'horrible Franck qui regardait la gueule cassée de Max avec le même air fataliste de qui maîtrise la situation, du genre de regard que la compassion, la bienveillance ou plus encore l'amitié ont déserté depuis longtemps. Et Laura insistait, ça va aller, papa, tu vas t'en sortir, ayant au premier rang assisté à ça : cette seconde d'arrêt dans le corps de son père, comme si le sol soudain s'était effondré sous ses pieds et qu'alors l'autre avait enchaîné tous les coups, les crochets et les directs sur Max le dos appuyé contre les cordes et le visage presque offert, ne pouvant plus répondre, à peine garder les mains à hauteur du visage pour se protéger – et on aurait dit que c'était comme une crevasse qui s'était ouverte dans le sol, quelque chose comme il arrive en haute montagne, à marcher sur un glacier.

Elle avait essayé de le voir avant le combat, le retrouver dans le vestiaire pour lui souhaiter bonne chance – lui, les mains déjà bandées de gaze blanche et le peignoir à son nom qu'il avait gardé de ses plus jeunes années, maintenant il s'échauffait une dernière fois avant d'enfiler ses gants et s'était arrangé pour ne pas la voir, avait demandé que personne ne le dérange avant le long couloir et le passage à la lumière, les cordes au loin comme le bastingage d'un bateau sur lequel il s'apprêtait à embarquer pour un si long voyage.

Alors elle était allée s'installer à sa place réservée, au premier rang dans la chaleur de la salle, Franck Bellec à côté d'elle, de l'autre Quentin Le Bars en personne qui hésitait à profiter de l'obscurité pour mettre une main sur sa cuisse, mais bien sûr ne le fit pas, pas devant les cinq cents personnes qui déjà les avaient vus se saluer – et quoiqu'elles trouvèrent sans doute normal que ces deux-là se connaissent et s'accompagnent pour un tel événement, et quoique si ça n'avait tenu qu'à elle, non, elle n'aurait pas demandé à être placée à côté de lui, seulement ce n'est pas elle qui a fait le plan de la salle mais Franck, et Franck obéit au maire, et le maire obéit à son désir.

Il était déjà assis, Franck, et Laura aussi, quand Le Bars est arrivé, et Franck s'est levé pour lui serrer la main et il a dit avec un grand sourire : Comment allez-vous, Monsieur le ministre ? Alors Laura a tourné très vite la tête vers Franck, sur le visage l'expression d'une question que Franck ne manquait pas d'attendre, disant : Quoi ? Il ne te l'a pas dit ? Et tandis qu'il s'asseyait à son tour, Le Bars a chuchoté à l'oreille de Laura : Oui, ce n'est pas encore officiel, je vais être nommé ministre.

Elle n'a pas su quoi penser ni voulu comprendre ce que ça changeait pour elle, sinon que lui, les yeux déjà fixés sur le ring, comme une évidence il a ajouté : Tu viendras me voir à Paris. Et déjà la voix du speaker couvrait la sienne pour l'entrée des deux boxeurs qui passaient ensemble sous les cordes et saluaient la foule confiante, leurs deux corps face à face qui brûlaient d'en découdre et déjà combattaient, tandis que l'arbitre égrenait les quelques phrases rituelles, qu'ils se battraient dans les règles et écouteraient l'arbitre, mais eux n'entendaient pas, eux regardaient comment se perdre dans le visage de l'autre pour chasser toute pensée qui suspendrait l'instant, toute pensée qui l'éloignerait, lui, Max, de la seule chose à faire à cet instant, faire taire la caverne pleine d'échos qui lui servait de cerveau, dont les murs à tout instant pouvaient se mettre à faire comme des interférences, quand il fallait seulement que le trajet soit le plus direct possible depuis le cerveau jusqu'aux mains, oublier jusqu'au grondement de la mer et la rumeur venue du fond des gradins, son nom scandé en chœur qui venait bourdonner dans ses tympans, et c'était comme un vent trop chaud qui lui essuyait le visage. Et la cloche n'avait pas encore retenti lançant le premier round qu'il savait déjà, quelque chose en lui savait, qu'il allait perdre. Perché là comme un oiseau dans son nid, il a tout fait pour ne pas baisser les yeux vers la salle, tout fait pour ne pas voir sa propre fille installée entre ses deux bourreaux, ces trois-là qui ensemble allaient assister au désastre, c'est-à-dire le voir se faire descendre au troisième round des douze prévus.

Et Laura a crié tout ce qu'elle pouvait, elle a demandé l'arrêt du combat quand elle a vu qu'il insistait – non pas celui qui frappait mais Max lui-même qui insistait pour revenir, insistait pour se relever avant la fin de chaque décompte, comme s'il n'en avait pas pris assez, là, coincé dans les cordes et recevant sept, huit coups qui balançaient sa tête d'un côté l'autre comme un fruit trop mûr qu'on continuerait de meurtrir, le visage de plus en plus ensanglanté et qui avait l'air d'attendre la mort véritable sous la lumière aveuglante des projecteurs. Un instant, elle n'en serait jamais sûre, mais elle croit l'avoir vu jeter un regard vers elle et presque sourire, oui, elle a cru voir ça, qu'il souriait en continuant de se faire démolir, quand il n'aurait eu qu'à tomber et tout lâcher, mais on aurait dit qu'il en voulait plus et plus encore. Et Le Bars à côté hésitait, il avait envie de lui prendre la main, il avait envie de dire à Laura « Calme-toi », peut-être même il a eu envie de lui dire « mon amour » ou « ma chérie », soudain extradé de ses fonctions officielles par ses larmes à elle et toute cette détresse qui traversait son corps, à mesure que Max en redemandait encore et encore, que par trois fois il était tombé et par trois fois s'était relevé, comme si quelque chose en lui avait demandé ça, se faire frapper et frapper, encaisser trois rounds supplémentaires pour le même résultat – la défaite écrite dans sa tête. Mais dans sa tête seulement, je veux dire : l'autre, l'adversaire, ne savait pas, il ne pouvait pas savoir et alors il a cogné tout ce qu'il a pu. Et de son uppercut droit, il a fait remonter l'os du nez de Max le plus haut possible, jusque dans le cerveau, là où l'autre est obligé de s'écrouler sans qu'on sache jamais combien de temps il mettra à se relever mais en tout cas bien plus que les dix secondes réglementaires, de sorte que même avec l'arbitre le plus bienveillant de la planète, l'arbitre le plus partial qui aurait voulu étirer les secondes jusqu'au double, même avec lui, ça n'aurait pas suffi ; l'autre, l'ébranlé, ne pouvait pas se relever. Et le regard perdu dans l'immense tourbillon de la salle, le brouhaha devenu coton qui continuait de l'étouffer comme un oreiller qu'on aurait écrasé sur sa tête, à cet instant tout s'est fondu ensemble, sans qu'il ne lui soit plus permis de savoir quand exactement la première fêlure ou brèche ou lézarde s'était introduite en lui, l'avait effleuré comme un courant d'air froid dès les vestiaires peut-être, soufflé cette poussière de magie noire sur ses gants, de sorte que ce n'était pas seulement la chute de son corps las sur le tapis du ring mais la version compressée de son existence, comme rompt soudain le filament d'une lampe qui a consumé toutes ses forces.

Sur la civière qu'elle accompagnait, elle ne voyait pas tout ça, Laura, seulement le corps éteint aux mille dégâts subis, bien trop groggy pour distinguer quelle partie de son visage ou de son corps lui faisait si mal. Et malgré les claques que le pompier s'évertuait à lui donner pour qu'il continue de garder les yeux ouverts, il a senti ses paupières plus lourdes que des chaussures de plomb en même temps que quelque chose qu'on appelle l'âme ou l'esprit, quelque chose se détachait de lui : allongé toujours, soudain il les a tous vus du dessus, la mêlée des crânes qui s'agglutinait autour de lui et bruissait comme l'orage, les flashes toujours en guise de foudre qui tombaient tout autour, et il a continué de monter et de monter encore, comme une fumée qui se serait élevée vers le toit jusqu'à embrasser la salle entière, la clameur étrange qui ne se taisait pas mais peut-être hésitait à saluer sa victoire à lui, l'autre, qui se pavanait en piétinant le sang encore humide sur le tapis, hébété par cette victoire si facile et si imprévisible, du genre de victoire que la boxe sait ne pas oublier, comme elle sait si bien se souvenir de tout ce qui la sort de l'ordinaire des combats, mythifiant volontiers toutes ces fois où, enfin, il se passe quelque chose, pour le meilleur ou pour le pire. Et tandis qu'au-dehors on soulevait Max sur son brancard pour le monter dans l'ambulance, ce qu'il put voir aussi depuis sa place de gisant, c'était l'affiche soudain ironique de lui, debout et déterminé, au fronton de la salle qu'il venait de quitter, dessus son nom en lettres grasses et le regard habité par quelque animal sauvage qui semblait lui servir de totem, d'où il fixait l'appareil de tout son poids, de tous ses muscles, de toute cette puissance qu'il avait appris à dégager de lui-même à la seule vue d'un photographe et qui là, ce soir-là, malgré les centaines de flashes qui l'avaient mitraillé, s'était dissoute dans l'arène. Alors, comme si toute cette force affichée contrastait trop avec son état sur la civière, comme si toute sa vie se glissait dans l'intervalle, il a perdu connaissance.

2

Il n'y a que Laura qui se souvienne du trajet vers l'hôpital, de la ville dans la nuit qui défilait en taches de lumière le long des vitres opaques, couverte du bruit de la sirène qui semblait dire à tout le monde que c'en était fini de lui, Max Le Corre, le champion de boxe que tout le monde avait admiré toutes ces années, dans cette même ville où la lourde ironie avait voulu que le honteux combat se déroulât, sous les yeux des centaines d'admirateurs et amis qui avaient parié sur lui et peut-être même, pour certains, misé des sommes folles sur sa victoire. Quand il a ouvert les yeux dans cette même chambre hantée de long sommeil, Laura se tenait là, assise dans l'ombre du mur blanc, avec la clarté de la fenêtre qui tombait sur les lignes du journal qu'elle était en train de lire. Et Max immobile, en comprenant qu'il était réveillé, a demandé quelle heure il était, sans savoir encore que ce n'était pas l'heure à cet instant qui importait mais la date, puisque donc c'était huit jours plus tard.

Cela, elle le lui a raconté plus tard encore,

cette longue semaine où il n'avait pas ouvert l'œil ni prononcé le moindre mot, artificiellement endormi pour se reposer de tous ces coups qui avaient doucement ébranlé son corps et son cerveau et l'avaient déposé là, dans cette sorte de coma, absenté du monde – et quoiqu'elle ait fait tout son possible pour croire qu'une part de lui était encore consciente, une part de lui qui l'aurait écoutée sans répondre mais écoutée quand même. Et c'est pourquoi tous les jours, elle lui lisait intégralement le journal local, sans plus se rendre compte elle-même de ce qu'elle lisait, de ce qu'elle articulait à voix haute, les faits divers ou le cours de la bourse, indifféremment tout ce qui s'était passé dans le monde, dans la ville et ne lui épargnant pas la relation de son propre match, espérant que les commentaires suspicieux, dépités ou injurieux des journalistes feraient un électrochoc dans sa conscience endormie, qu'il se réveillerait d'un bond et sonnerait aussi vite l'heure d'une revanche, dès lors qu'elle savait qu'il était capable aussi de ça, de colère, et qu'allant aiguillonner chez lui la virilité bafouée, elle espérait le voir soudain se dresser sur son lit, déjà s'apprêtant à son retour prochain. Car il n'y a pas de boxe sans colère, n'est-ce pas – or c'était cela même dont le cours semblait s'être effondré à l'intérieur de lui, oui, quelque chose comme un krach boursier que rien ne laisse présager et qui tombe follement sur la place de New York ou de Londres, ainsi de sa colère chue à son plus bas étiage, à moins qu'elle ne se fût simplement déplacée, mais cela, elle ne le savait pas encore, que cet adversaire à la mâchoire si large, au corps si huileux, tout cela n'avait plus été l'ennemi à abattre, puisque désormais l'ennemi avait un costume noir et une cravate différente tous les jours, l'ennemi il l'avait eu à portée de poings des mois durant et au lieu de ça il lui avait souri et il l'avait conduit à travers la ville, en lui apportant chaque jour un peu plus la tête de sa fille sur un plateau d'argent.

Et parmi les nouvelles que Laura avait lues à voix haute dans la chambre blanche, il y avait eu celle-là qui n'avait pas réveillé son père plus que les autres : que donc Quentin Le Bars était nommé ministre, qu'il avait rencontré hier au soir le président en personne et se disait fier de cette responsabilité qu'on lui confiait, en l'occurrence les Affaires maritimes – ministre de la mer donc, ainsi qu'il avait travaillé depuis de si longs mois pour y parvenir, ne négligeant aucun appui ni entregent, et s'imposant doucement comme la personne *ad hoc*.

Elle, quand elle a lu ça, elle n'a pu s'empêcher de s'interrompre dans sa lecture, non pas qu'elle fût surprise (elle le savait déjà), mais de le voir à la une de ce même journal qu'elle connaissait depuis l'enfance, et la photo pleine page avec le président de la République, il y a eu comme un télescopage sous son crâne, quelque chose d'impossible peut-être, de se souvenir de son corps nu quand il était sous elle et puis de le voir maintenant dans son costume cintré sur le perron de l'Élysée, non, il y avait quelque chose qu'elle n'arrivait pas à se représenter.

Alors je ne sais pas ce qui m'est passé par la tête, a-t-elle repris face aux policiers, peut-être rien d'autre que le besoin de vérifier qu'il n'y avait entre moi et le président de la République qu'une petite poignée de main et que cette main, c'était celle de l'homme qui m'avait rendu visite pendant des semaines – en tout cas, oui, elle a posé le journal, elle a pris son téléphone et elle a commencé à tapoter sur l'écran le message qu'elle enverrait pour ainsi dire spontanément au nouveau ministre, incapable de mesurer ce qu'il y avait là-dedans d'ironique, d'amer et en même temps, oui, de sincère, écrivant très simplement : « Bravo pour votre nomination. Laura. »

Et les deux policiers qui l'écoutaient toujours, pour la énième fois ils ont eu l'air de recevoir comme une décharge électrique, l'un se replaçant sur son siège, l'autre ne pouvant se retenir :

Vous lui avez écrit ? Au ministre ? Sur son portable ?

Elle a fait oui de la tête, encore surprise elle-même de ce qu'elle avait fait, eux soupirant fort en se regardant, ayant l'air d'y perdre à l'instant leur jugement.

Quoi ? elle a dit, ça non plus je n'avais pas le droit de le faire ?

Ce n'est pas une affaire de droit, a répondu le policier, mais des choses comme ça ne jouent pas pour vous, du genre d'informations que certaines oreilles ramassent volontiers dans les couloirs.

Des glaneurs en somme, a rajouté l'autre flic.

Peut-être, elle a dit, mais moi je ne dirais pas glaneur à ce niveau-là, je dirais plutôt ramasse-merde.

Vous ne vous faites pas du bien en disant cela, il a dit.

Je ne suis pas là pour me faire du bien, elle a répondu.

Et les deux flics se sont souri, prenant acte à nouveau de sa détermination, en même temps que peut-être ils essayaient d'imaginer la tête de Le Bars recevant le message de Laura. Cela, c'est vrai, il faut l'imaginer, Le Bars en personne vers onze heures le mercredi matin, à l'heure de son premier conseil des ministres, le portable posé sur la longue table qui les réunit tous et soudain le voyant s'éclairer, écrit dessus «Laura». Ça lui aura fait comme la piqûre d'une vive ou d'une méduse, posant aussi vite la main dessus pour qu'aucun autre ministre assis à côté de lui ne puisse le lire, non pas le message mais simplement le prénom, comme si de l'univers intime dont il était le sésame Le Bars mesurait soudain le fossé qui le séparait du présent mais pire encore, y voyait comme une ombre et déjà même une épée qui venait d'apparaître au-dessus de sa tête, se représentant à son tour sa satisfaction à elle, la forme discrète et pour l'heure latente de pouvoir qu'elle avait soudain sur lui, à telle enseigne qu'il n'écoutait plus jusqu'au président qui venait d'amorcer le tour de table des nouveaux venus, pris dans les rets de sa propre surprise, hésitant sur la conduite à suivre, de lui répondre ou non, refuser tout contact, ou bien l'amadouer, oui, l'amadouer en lui promettant mille choses, que bien sûr il ne l'oubliait pas et qu'il tenait à elle, et qu'il espérait qu'ils continuent à se voir, toutes idées qui étaient venues se concentrer dans une formule ouverte et presque complice que discrètement il avait commencé à tapoter sur son écran, écrit et envoyé « Merci Laura, à bientôt j'espère » et ne sachant pas lui-même, en l'écrivant, s'il en pensait un traître mot.

Et puis seulement plus tard, en quittant le palais présidentiel, en se laissant conduire dans les rues de Paris dans une plus noire et plus grosse voiture qu'avant, il s'est dit « Allons, ce n'est pas grave », « Cette fille, c'est vrai, je pourrais la revoir » de cette manière presque abstraite, impressive en tout cas, dont elle traversait sa mémoire, et qui n'était rien d'autre encore que l'empire d'un désir.

Elle, assise toujours dans la chambre d'hôpital, son nom à lui qui s'était affiché, écrit dessous « À bientôt j'espère », elle n'a pas cherché à mesurer le degré de conviction qu'il avait pu y mettre, mais presque flattée soudain, de sorte que oui, a-t-elle dit, je ne peux pas dire le contraire, je me suis sentie importante ce jour-là.

3

Elle ne l'a pas vu tout de suite, qu'il était réveillé, les yeux grands ouverts pourtant, mais la tête prise dans sa minerve il ne bougeait pas, seulement sa voix encore faible qui répétait inquiète : La voiture, elle est propre maintenant, vous pouvez lui dire qu'elle est propre. Et Laura s'est levée d'un bond, elle lui a pris la main, et elle a juste dit : Oui, ne t'inquiète de rien, la voiture est propre. Bien sûr le médecin n'a pas tardé à venir, d'abord l'infirmière qui aussi vite avait prévenu le médecin, que le boxeur de la 12 s'était réveillé, a entendu Laura d'un couloir à l'autre, et ledit médecin est entré dans la chambre, avec cet air un peu désinvolte de tous les médecins dans tous les hôpitaux, qui s'inventent une amitié soudaine avec les patients dont l'instant d'avant ils ne connaissaient pas le nom, du genre « Alors monsieur Le Corre, ça va mieux ? Prêt à remonter sur le ring ? » au point qu'en guise de complicité ou de réconfort, il avait essayé de mimer un geste de boxe avec les poings, auquel Max s'était efforcé de répondre en souriant.

Et le toujours même médecin remettant ses mains dans les poches de sa blouse a tourné la tête vers Laura, lui faisant signe de le rejoindre dans le couloir, quelque chose comme font tous les médecins quand ils veulent annoncer des mauvaises nouvelles à l'insu du patient, alors elle est sortie à son tour et elle l'a écouté.

Votre père est fragilisé, il a dit, il y a quelques lésions dans le cerveau, voilà – et il lui a montré des images de son activité cérébrale. Il n'est pas sûr qu'il recouvre toute sa lucidité, du moins on voit que les nerfs ont été mis à rude épreuve.

À force de coups reçus, c'est connu que ça les menace toujours, les boxeurs, de devenir hagards ou débiles, et alors en vieillissant, il y a comme une vitre opaque qui se forme entre le monde et eux, à travers laquelle saisir seulement des ombres, rien d'autre que des volumes et des masses comme on dit de certains animaux dans la nuit.

C'est comme les apiculteurs, a expliqué le médecin à Laura. Ils se font piquer des milliers de fois par leurs abeilles au cours des récoltes, mais ils ne ressentent presque rien, si habitués qu'ils sont à la piqûre. Mais voilà qu'il suffit d'une, un jour, la piqûre de trop, et alors ils tombent raides sur le sol. C'est pareil avec les boxeurs, tous les jours une dose d'ébranlement qui vient buter sur eux, si indemnes et presque indifférents semblent-ils aux coups, mais en réalité, comme des termites travaillant aux quatre coins, chaque coup porté fait son travail de sape, et alors un jour, d'une toute petite pichenette, d'un uppercut de trop, voilà qu'ils tombent et ne se relèvent pas.

Je connais mon père, elle a dit, il ne voulait plus boxer, ça ne lui manquera pas.

Vous n'avez pas l'air de comprendre, mademoiselle, il ne reprendra pas non plus son travail à la mairie. Il faudra qu'il trouve autre chose.

Et lui, Max, peut-être parce qu'il entendait au loin cette conversation, peut-être parce qu'il a entendu le mot travail ou bien parce qu'il évoluait dans un monde parallèle, dans un demi-sommeil il répétait encore: La voiture, Monsieur le maire, je vous jure qu'elle est propre, parfaitement propre.

Et Laura est entrée à nouveau dans la chambre, lui souriant dans le calme des draps – ils étaient un peu rêches, un peu usés aussi mais en un sens cela faisait une carapace plus douce que les murs de sa maison, si seulement on peut dire qu'il en avait encore une, de maison, parce qu'il semblait qu'elle lui était devenue très lointaine, en tout cas que pour l'heure ce n'était plus de briques ou de pierres qu'elle était faite mais d'une toile usée qui pouvait se déchirer à tout moment, à la moindre rafale, au moindre canif qui viendrait l'effleurer, alors non, a continué le médecin, il n'est pas question pour l'heure qu'il reprenne une vie normale. Non, a-t-il expliqué à Laura, votre père n'est pas prêt. Votre père, il a ajouté, il ne sera peut-être jamais prêt.

Et comme il s'éloignait maintenant, elle est revenue s'asseoir sur le seul fauteuil près du lit, et elle a dit, Tout va bien, papa, tu seras bientôt dehors, et puis elle a allumé la télévision. Elle a joué un instant avec la télécommande. Les séries mielleuses de fin d'après-midi. Les jeux stupides. Les informations sur les chaînes régionales.

C'est à ce moment-là qu'elle l'a vu, Quentin Le Bars, ministre des Affaires maritimes, qui traversait la cour de l'Élysée dans le petit écran accroché au mur, une serviette sous le bras comme ont tous les ministres, ne manquant pas une caméra où faire un signe. Et pour elle c'était comme s'il la saluait personnellement, qu'il lui disait encore « À bientôt j'espère » et qu'elle y croyait presque. Mais dans la chambre aussi, il y en avait un autre qui le voyait depuis son lit : lui, Max, la minerve toujours qui lui interdisait de bouger le cou, les yeux tournés vers la télévision, d'une voix plus claire déjà qui semblait rassembler toutes ses forces, il a dit à Laura : Tu vas le revoir ?

Elle a tourné la tête vers son père, elle n'était pas sûre d'avoir bien entendu, dans le triangle qui se dessinait de sa place à lui vers l'écran de télévision et puis de l'écran vers elle assise près du lit, comme aussi bien une balle de revolver aurait rebondi sur l'écran et dans l'angle aigu de l'impact serait venue se loger directement en elle, quelque part entre le tympan et le cerveau. Lui, dans ces quatre mots, « Tu vas le revoir ? », allongé sans force sur un lit d'hôpital, il était parvenu à faire tenir dedans tout ce qu'il savait, tout ce qu'il semblait avoir toujours su et conservé si longtemps dans un coffre-fort que soudain il ouvrait et déposait devant elle d'une seule charge qui menaçait d'exploser – ni colère ni cynisme mais juste sa manière à lui maintenant de le lui dire, hors de toute folie, calme et sans excès, sans mesurer que jamais de sa vie il n'avait frappé aussi fort sur un ring. Et maintenant elle se demandait depuis quand, oui, depuis quand il savait, depuis quand il avait compris, dès lors que dans ces quatre mots s'éclairaient tous les événements des derniers jours, à commencer par cette défaite qu'elle comprenait trop bien.

Elle aurait pu faire comme on fait quelquefois pour croire qu'on ment bien, elle aurait pu dire : Le revoir ? Mais qui ? Mais de quoi tu parles ? Mais non, elle n'a pas fait ça. Elle n'avait pas les moyens de faire ça, plongée au fond de son cylindre intérieur, essayant seulement de se souvenir qu'elle n'avait pas perdu l'usage du langage, mais incapable de convoquer le moindre verbe ou substantif ni même de bafouiller un « mais » ni un « qu'est-ce que tu… » pour la bonne raison que même à l'intérieur, même dans ce qui jusqu'à l'instant d'avant rassemblait des milliers de mots, désormais toutes les langues du monde étaient tombées dans un puits sans fond. Et dans cette sorte de silence panique, il n'y avait même pas la certitude de sa réponse, je veux dire, à elle-même elle n'était pas capable de répondre, c'est-à-dire pas capable de penser « Ce salopard, non, bien sûr que non » mais plutôt « Qu'est-ce que j'en sais ? peut-être » ou même « Oui, sûrement », comme si, écarté le regard de son père, elle s'était à nouveau barricadée derrière la fatalité, celle d'une jeune fille qui n'était pas née pour prendre des décisions et se laissait faire depuis longtemps par ceux qui savent en prendre – elle si clairvoyante en même temps, si capable de sonder toute la situation, effarée elle-même peut-être par la stérilité de sa propre intelligence. Alors c'était plus facile, plus nécessaire aussi de considérer que les choses avaient été ce qu'elles devaient être, oublieuse de ce qu'elle avait elle-même considéré si longtemps comme un piège dont elle n'était pas parvenue à se défaire, essayant de se dire désormais, se justifiant auprès d'un tribunal intérieur que voilà, c'est normal, il m'a rendu service et je lui ai rendu service, rien de plus, aucun drame là-dedans – et c'était sa manière à elle de s'en sortir avec ça, apaisée soudain de rendre si prosaïque cette chose qui les avait si violemment liés, non, pas violemment, un simple deal, insistait-elle, un échange de bons procédés et qu'est-ce que ça peut leur faire à tous si en guise de monnaie il y a mon propre corps en gage ?

Elle n'a pas dit tout ça à son père, ni ça ni rien d'autre, seulement : Je vais y aller, papa, je reviendrai demain. Et elle repensait à ce qu'avait dit le médecin, que Max ne reprendrait pas une vie normale, ni celle qui l'amenait sur les rings, ni cette routine qui l'avait vu toutes ces années au volant de la berline municipale, elle, l'imaginant dépérir doucement dans une maison de repos, désœuvré avant l'heure, et replongeant dans les dérives alcoolisées de ses nuits sans sommeil.

Alors oui, elle a dit aux policiers, je me suis dit qu'il restait peut-être une solution.

Une solution ?

Oui. Un dernier arrangement.

Et dans le long couloir qui l'amenait hors de l'hôpital, elle a fait cette chose folle, elle a pris son téléphone et à Le Bars elle a écrit : « On pourrait se voir quand ? »

Oui, c'est moi qui l'ai relancé, elle a dit. Cela, je ne dirai jamais le contraire, tandis qu'elle voyait le policier qui continuait de s'absorber dans l'écran de son ordinateur, la regardant de moins en moins, tandis que l'autre, debout toujours, soupirait presque, du moins marquait de plus en plus ses respirations comme pour signifier ses désapprobations.

Mais revenir vers quelqu'un qui vous a tenu en laisse, elle a dit, c'est le b-a-ba de ce qu'on apprend en psychologie, non ?

Je croyais que vous n'aviez pas fait d'études de psychologie ?

Ça ne m'empêche pas de savoir des choses, elle a dit.

4

Elle l'a racontée bien sûr, la visite à Paris, avec cette impression de faire cette fugue qu'enfant elle fomenta mille fois mais ne fit jamais – son sac toujours prêt depuis tant d'années, caché derrière la porte de sa chambre. Combien de fois elle avait vérifié dedans s'il y avait tout ce dont elle avait besoin, son argent bien sûr et puis un pull de laine, des chaussettes de rechange, une lampe de poche, des gâteaux secs, des cahiers neufs et des stylos pour tenir un journal, et alors tous les soirs en s'endormant, elle refaisait la liste de chaque chose nécessaire à sa survie des jours prochains, dès lors qu'à l'aube elle serait loin, que ses parents ne le savaient pas mais lui avaient dit bonsoir pour la dernière fois. Alors quand le lendemain matin elle se voyait au petit déjeuner, c'est étrange, c'était une autre à sa place qui avait oublié qu'elle devait partir, oublié jusqu'à l'existence d'un bagage qu'elle finissait par regarder avec condescendance, de ce surplomb matinal qui lui donnait comme une petite tape sur l'épaule en lui disant « Ma pauvre amie, comme tu es encore naïve ».

Et quoique naïve elle le fut encore plus à s'exécuter, quand Le Bars une heure plus tard avait répondu à son message et proposé une date, quelque chose comme « Demain ? », à quoi elle avait dit « Demain, d'accord, je prends mon billet ».

Dans le train le lendemain qui l'amenait vers Paris, à regarder onduler les fils électriques le long des voies ferrées, à déjà imaginer leur rencontre dans ce nouveau décor, elle a douté bien sûr, triché bien sûr avec le sentiment d'elle-même et de ce qu'elle allait faire, se disant encore, oui, un simple arrangement, un dernier deal, voilà, et presque elle aurait eu envie de raconter son histoire à ses voisins, leur dire comme ça, oui je vais à Paris, je vais passer la nuit avec Quentin Le Bars, oui, le nouveau ministre, mais notre histoire est compliquée, soudain persuadée que le wagon entier médite sur son cas et chuchote « Oui, c'est elle, la maîtresse de Le Bars, je la reconnais », quand quelquefois on croirait qu'en lieu et place d'un dieu qui nous observe, il y a seulement la rumeur concentrée de cinq milliards d'humains les yeux tournés vers nous – oui bien sûr, c'est absurde, mais c'est comme ça, et elle avait beau essayer de ne pas penser ce qu'elle pensait, elle avait beau se dire que si elle y allait, c'était d'abord pour son père, pour qu'il fasse quelque chose pour son père, cela revenait et revenait encore. Et parce que de certaines actions, non, décidément, on ne démêlera jamais le nœud noir qui nous y pousse.

C'est elle qui avait réservé l'hôtel, cherché sur internet ce qu'elle pouvait trouver de pas trop cher et décent à la fois pour le recevoir, tranché pour un deux-étoiles en banlieue, pas trop loin si possible mais assez discret pour ne pas le mettre mal à l'aise. Elle a donné son nom à la réception et elle a eu envie de préciser Le Corre, oui, comme le boxeur, mais elle ne l'a pas fait. Une chambre pour deux personnes, mon mari est déjà à Paris, il me rejoindra un peu plus tard.

Parce qu'ils étaient convenus de cela aussi, qu'elle y serait avant lui et qu'il n'aurait qu'à monter sans même se présenter à la réception, peut-être de loin dans le hall préciser, Je suis dans la chambre 28, ainsi qu'elle lui aurait écrit par sms, « Chambre 28, je laisse ouvert ». Alors elle est montée, et elle l'a attendu. Par la fenêtre elle a regardé les tours et le périphérique au loin, perdue dans une banlieue qu'elle ne connaissait pas, pour seul repère son téléphone qui faisait comme une boussole où l'autre avait écrit « Je serai là vers 19 h ».

Lui, dans le taxi qui l'emmenait, sans doute ça faisait longtemps qu'il n'était pas allé aussi loin hors de Paris, c'est-à-dire, faudrait-il ajouter, qu'il n'était pas, à ses propres yeux, descendu aussi bas dans la société. Quand bien même le taxi le déposerait au pied de l'hôtel, d'avoir dû s'aventurer seul au-delà des boulevards périphériques, sans cette fois ni un conseiller ni un garde du corps, mais comme n'importe quel banlieusard rentrant chez lui, cela, ça l'avait un peu humilié, peut-être aussi d'être si tendu par son désir et presque esclave du souvenir de son corps à elle, esclave de toutes ces fois où il se revoyait jouir sur son ventre ou bien dans sa bouche, et se demandant peut-être ce que ce jour-là il déciderait, à peu près comme s'il allait au restaurant et qu'il hésitait sur les menus, oui, c'était ce genre de pensées lubriques qui l'occupaient sûrement pendant qu'elle terminait de déposer le mascara noir sur ses cils en espérant les allonger encore un peu, avec le mot « ministre » qui revenait en rythme dans sa tête, incapable de penser Le Bars, incapable d'oublier qu'elle en recevait un, de ministre, que cette chambre nouvelle dans une ville nouvelle, ça n'avait plus rien à voir avec les premières fois, et que bien sûr il allait l'aider, bien sûr il suffisait d'un coup de fil ou deux et Max retrouverait une place à la mairie, cette fois il ne pourrait pas surseoir, qu'elle voulait bien oublier ses promesses de logement mais pour son père, oui, il pourrait faire quelque chose. Et parce que tout ministre qu'il était, ce n'était pas un monstre, pensa-t-elle.

Encore que ça, elle a dit aux policiers, ça reste à démontrer, quand j'ai senti en le voyant entrer, à la manière dont la porte a claqué derrière lui, j'ai compris tout de suite que rien d'autre que son désir n'avait franchi le seuil de la chambre, sinon son orgueil peut-être qui s'installerait dans le fauteuil au pied du lit, ce même orgueil qui le regarderait s'allonger comme on toise de pitié un ivrogne dans la rue, lui, dénouant sa cravate sans à peine me parler, s'efforçant de rester poli, disant : Ça va ? Je suis content de te revoir. Et s'allongeant à moitié nu sur le lit, la ceinture déjà défaite, il a ajouté : Je n'ai pas beaucoup de temps.

Oui, j'ai compris tout de suite, elle a dit, je veux dire, pas ce qui allait se passer, cela je le savais déjà, mais tous ces faux espoirs que je m'étais faits, l'idée que ça pourrait être, comment dire, amical.

Amical ?

Oui, amical. J'ai cru ça. C'est fou, hein ? Mais non, rien de tout ça, je me suis seulement déshabillée sous son regard et puis j'ai fait ce que je devais faire.

Et vous ne lui avez pas parlé de votre père ?

Non, pas tout de suite. Mais quand quelques minutes plus tard ce fut fini, quand il en était à remonter son pantalon, je me souviens très bien, j'ai dit : Quentin…

Et elle se demandait combien de fois elle avait osé l'appeler par son prénom – une, deux fois peut-être, lui-même surpris, vexé que dans sa nouvelle position elle le ramène ainsi à l'intimité d'un prénom, qui plus est maintenant, alors que son désir était chose morte et assouvie, et que sa seule présence là, dans cet hôtel miteux, lui pesait comme une nausée.

Je voulais vous demander quelque chose, elle a fini par dire, pour mon père…

Ah oui, ton père, comment il va ?

Je me demandais si vous auriez pu peut-être l'aider, voir avec la mairie si ce serait possible de lui trouver une place ou…

Et maintenant il la regardait avec cette fausse miséricorde qui confine au mépris, se disant, elle n'a rien compris, elle ne voit pas que les dés sont jetés depuis longtemps, et qui n'était qu'une manière de penser « Qu'est-ce que tu veux que j'aille me mouiller pour ce pauvre type qui n'a pas su se sauver lui-même ? » et là-dedans il ne voulait pas seulement parler du combat perdu mais peut-être de toute cette pulsion d'échec ou d'impuissance dont Max lui semblait être la proie, du genre de psychologie qu'il fuyait comme la peste.

Et parce qu'à ce stade-là ils se comprenaient plus vite que les phrases, il l'a coupée tout de suite, il a dit :

Je ne peux pas me permettre désormais… je…

Peut-être juste un coup de fil, elle a dit.

Ça me retomberait dessus, non, je ne peux pas.

Et sans doute cette demande avait fini d'accélérer son départ, s'étant relevé dès que la conversation avait pris ce tour trop sérieux et, glissant maintenant sa chemise dans son pantalon, resserrant d'un cran encore sa ceinture, il en était déjà à prendre sa veste en s'excusant de devoir partir si vite. Il s'est forcé à l'embrasser sur le front, et puis, cherchant à détendre l'atmosphère, il a dit en souriant : Excuse-moi, j'ai un emploi du temps de ministre ! Et elle l'a regardé partir.

Vous auriez peut-être dû lui parler avant, a lancé le policier.

Avant quoi ?

Et lui, le policier, qu'est-ce qu'il pouvait dire ? Avant le sexe ? Avant l'amour ? Rappeler qu'un service comme ça, oui, elle aurait dû le lui demander avant, quand il avait encore le sexe plein d'inaccompli ? Mais non, ça n'aurait rien changé, c'est-à-dire qu'il aurait seulement un peu plus menti pour obtenir ce qu'il voulait, il aurait dit : Oui bien sûr, presque machinalement, comme aussi bien il lui aurait mis un billet de cinquante euros dans la poche arrière de son pantalon – encore que ce jour-là, il pensa peut-être que c'était elle qui aurait dû le payer, en tout cas c'est le sentiment qu'elle a eu quand elle est ressortie de la chambre, lui déjà parti depuis longtemps, et qu'alors déposant la clé à la réception, déjà prête à dire au revoir, le réceptionniste lui a dit : Mademoiselle, il faudrait régler la chambre.

Oui, elle a dit aux flics, il a fait ça aussi, ce salopard, il m'a laissé régler la chambre.

5

Oui, c'est tout cela qui ferait comme une étincelle sous son crâne dans le train retour, les quatre cents kilomètres avec encore le goût de son sperme dans la bouche qu'aucun café dans le bar du TGV n'arrivait à faire passer – du genre de goût que le cerveau est capable de reproduire des jours durant pour le seul plaisir de se vautrer dans la faute ou bien peut-être, maintenir intacte la colère. Et en un sens tant mieux. En un sens c'est heureux que le corps se souvienne et crie à l'empoisonnement en vous faisant vomir dans les chiottes d'un train.

Quand elle est descendue ce jour-là au retour de Paris, quand elle a posé le pied sur le quai de la gare et traversé le hall jusqu'au grand parvis, d'instinct elle s'est dirigée vers le front de mer, au loin la vieille ville qui ne la concernait pas, pas plus les vieux gréements qui font comme des fantômes devant les grands bassins, s'invitant comme des momies dans le plan du cadastre. C'était un grand ciel gris, presque perle, et plutôt immobile – pas l'once d'une averse ni d'un souffle de vent, du genre de ciel nacré qui ressemble à du coton et laisse la mer plus sombre, luisante à peine, opaque comme elle sait être quand elle est d'huile. Elle est descendue sur la plage et elle a fait exprès de marcher vite en s'enfonçant dans le sable pour respirer plus fort et sentir sa tête tourner sous l'effet de l'oxygène, quand derrière la brume de ses yeux il y avait seulement le souvenir mal stratifié de sa nuit sans sommeil, avec elle toute la colère mêlée de fatigue qui l'avait prise bien avant l'aube, c'est-à-dire bien avant de quitter cette chambre d'hôtel où il avait passé exactement, avait-elle noté, dix-neuf minutes avant de la quitter sur ce ton neutre des gens sûrs de leur fait, lui disant peut-être : Quand tu repasses à Paris, fais-moi signe, en même temps qu'il terminait de lacer ses chaussures et qu'il reprenait son portefeuille posé sur la commode, avant de disparaître dans le bruit sec de la porte close. Je ne sais pas ce qu'elle a dit ou pensé à ce moment-là mais la sidération, j'imagine, de le voir se rhabiller si vite, et mesurer toute l'énergie qu'elle avait mise pour venir là, l'argent qu'elle avait dépensé dans son billet de train et le temps nerveux, désormais gaspillé, à voir défiler les plaines de l'Ouest, avec cette colère qui continuait de monter à mesure des kilomètres parcourus. Et en un sens tant mieux.

Tant mieux que certains jours dans nos vies fassent comme des crêtes au-delà desquelles on sent bien qu'on bascule, quand en dessous les pointes rocheuses font se lever la mer, et qu'alors certains jours, oui, il faut les contourner prudemment, comme on passe un mauvais cap à la voile.

Elle, Laura, elle en avait déjà franchi quelques-uns, des caps – je ne dirais pas en toute clarté ni même en toute prudence mais disons, l'œil alerte et planté le plus haut possible sur la vigie d'un mât que du haut de son jeune âge elle essayait de construire, et même, auquel elle grimpait peu à peu pour mesurer l'étendue d'eau autour – seulement que jusqu'à un certain âge se maintient une brume difficile à trancher, de celles qui interdisent le dessin de l'avenir, et pas seulement l'avenir mais même le passé, oui, jusqu'à l'ombre de ce qu'on a vécu, et alors il ne faut pas compter sur la mémoire ou l'expérience pour porter sa silhouette sur demain, et parce que jusqu'à un certain âge, étrangement on la supporte, la brume, on supporte de ne pas chercher au loin, on se contente du périmètre réduit où le regard se porte, ou mieux encore, on ne sait pas encore qu'il existe un monde sans brume. Mais voilà, à un moment, par quelle obscure prescience, on sent bien qu'il doit y avoir une autre météo possible, un autre ciel, en tout cas on l'exige et en l'exigeant, eh bien, en l'exigeant on se met à déchirer l'air avec des armes tranchantes. Alors quand elle s'est sentie assez vidée de tous ces pas pénibles qu'elle a faits sur la plage, quand elle a peut-être crié tout son soûl face à la mer, elle a fait demi-tour, elle est remontée sur la route et cette fois elle a franchi les remparts de la vieille ville jusqu'au commissariat. Sans hésiter elle a passé la porte et traversé le hall, et comme elle se postait devant la banque d'accueil d'où la regardait déjà le policier de service, elle a dit : Je viens déposer plainte.

6

De ce qu'elle essaya d'expliquer plus tard, elle dira que c'était comme une main géante qui l'a poussée dans le dos, une vague plus haute que les autres qui l'a prise par le bras et l'a soulevée plus haut qu'elle ne l'avait prévu – une vague d'où n'aurait plus surgi cette fois aucune naïade ricanante mais plutôt Némésis en personne venue lui conférer cette force quasi pneumatique par laquelle elle avait eu le sentiment qu'on la déposait là, devant le perron d'un commissariat. Et c'est sûr que ça lui a fait drôle, au policier de service, quand il a entendu le nom de Le Bars, quand il avait mécaniquement demandé : Porter plainte, oui, contre qui ?

Elle, consciente de l'effet qu'elle produirait, elle a lancé : Le Bars. Et alors son regard à lui, le policier, s'est éclairci ou agrandi et en un instant elle l'a vu qui se mettait à habiter son propre corps, comme si jusque-là c'était seulement une sorte de ventriloque qui avait parlé en lui, la voix enregistrée qu'on a tous en nous pour ce genre de situations mais quand soudain quelque chose se passe, quand soudain le fil se branche qui nous rappelle qu'on est vivant, tout change et vibre et disant aussitôt : Un instant, d'accord ? elle l'a vu se glisser par la porte du bureau vitré derrière lui, s'adressant à celui qui manifestement était son chef, assis quant à lui à son bureau et qui très vite avait tourné la tête vers elle à travers la vitre – elle, elle ne pouvait pas entendre leur conversation mais essayait de lire sur leurs lèvres, regardait leurs visages peu à peu se froncer comme si tous les deux avaient compris aussi vite que, oui, le ciel tout entier leur tombait sur la tête. Alors le flic de l'accueil est revenu vers elle et l'a invitée à contourner le comptoir et entrer là, dans le bureau vitré, refermant la porte derrière elle et posant dessus un panonceau, écrit « audition en cours ». L'autre, assis toujours, a fait signe à Laura de s'asseoir, installé en face d'elle devant l'écran de son ordinateur, déjà plaçant le clavier sous ses doigts qu'il dégourdissait, comme un chirurgien aurait préparé ses instruments à l'instant d'opérer – du moins c'est comme ça qu'elle l'a vécu, qu'elle venait d'entrer sur un lit roulant dans un bloc opératoire, ayant à peine eu le temps d'apercevoir scalpel et bistouri, prête à se laisser glisser dans le sommeil de l'anesthésie. Sauf que l'anesthésie cette fois, c'était plutôt comme une séance d'hypnose où se mettre à raconter son histoire, long demi-sommeil où il ne lui semblerait plus être autre chose qu'une écorchée sur ces vieilles planches d'anatomie, laissant dévider sur ses lèvres la longue pelote de récit qu'il fallait extirper d'on ne sait quelle jungle organique qui lui servait de corps – le contraire exactement de cette endurance dont elle avait fait montre toutes ces longues semaines à retenir les phrases à l'intérieur d'elle, les maintenant si longtemps à cet état larvaire et inarticulé qu'elle leur avait interdit tout accès à la lumière du langage. Et maintenant c'était comme si son histoire n'était pas vraiment la sienne, et même, au fond, c'était pour ça qu'elle était venue là, pour raconter son histoire à la troisième personne, s'imaginant debout près du chirurgien, assistant comme une infirmière à la description des faits, ceux-là mêmes qu'elle n'aurait pas su qualifier pénalement, elle qui n'avait parlé ni de viol ni de proxénétisme, encore moins de trafic d'influence ou d'abus de faiblesse, mais seulement décrit dans l'ordre la sinueuse et progressive emprise qu'il avait eue sur elle.

Mais emprise, elle a dit, ce n'est pas un délit, n'est-ce pas ?

Ça dépend, a dit le policier, rien n'est exclu, tandis que maintenant il regardait les feuilles sortir de l'imprimante avant de lui demander de relire son récit – elle, comme se réveillant de la longue anamnèse qu'il lui avait semblé produire, mesurant que pour la première fois elle avait refait en phrases tout le chemin qui la menait à son propre présent, elle a presque sursauté, disant :

Le relire ? Mais pourquoi ?

Mais c'est la règle, mademoiselle, vous devez le relire avant de signer, en même temps qu'il lui tendait déjà l'exemplaire imprimé de son récit. Et se relisant, elle a senti plus encore que le « je » qui peuplait son histoire s'était transformé en « elle », presque incapable de faire se rejoindre les deux instances désormais séparées, de sorte qu'elle regardait comme une étrangère cette jeune fille qui se prénommait Laura et qui déclarait sur l'honneur la vérité des faits ci-dessus présentés. Et remettant la feuille signée au policier, elle n'a pu s'empêcher de demander : vous pensez qu'il sera condamné ?

Il faut déjà qu'il soit jugé. Il y aura une enquête.

Oui mais à la fin, elle a insisté, il sera condamné ?

C'est une affaire délicate. Je ne suis pas juge.

Et la raccompagnant jusqu'à l'entrée, il a ajouté : Je vous conseille de prendre un avocat.

Ce fut sûrement parmi les meilleurs conseils qu'il pût lui donner, quand à peine sa silhouette disparaissait derrière les portes électriques du commissariat, il y eut comme un branle-bas de combat à l'intérieur, c'est-à-dire que le policier qui avait regardé les feuilles sortir une à une de l'imprimante remplies des mots « sexe » et « fellation » et « consentement », on avait pu le voir aussi vite traversant les couloirs défraîchis de la vieille bâtisse vers le bureau du procureur, dans les mains les feuilles en question qui déjà faisaient comme une grenade, comme si tout le récit avait été gravé sur une plaque de fer chauffée à blanc dont se dégageait encore l'odeur écœurante de brûlé et qu'alors le meilleur moyen de s'en débarrasser, c'était d'aussi vite déposer sous les yeux du procureur en personne le procès-verbal tout fraîchement imprimé.

C'est ce qu'il a fait, le flic, il est entré dans le bureau du procureur et a déposé les trois pages devant lui avec cet air grave qui fit que l'autre a compris tout de suite, non pas ce qui se passait, mais que quelque chose se passait et qu'il devait le lire séance tenante. Et le policier est resté là, debout, à suivre les yeux du procureur glisser d'une ligne à l'autre, comme aussi bien il aurait lu un roman haletant dont l'autre, debout toujours, immobile, attendait qu'il donne un avis comme un éditeur sur un manuscrit. Et effectivement, il l'a eu, l'avis, quand le procureur a dit : Qu'est-ce que c'est que cette merde ? sur ce ton un peu raide et amer de celui qui sent déjà qu'on va lui taper sur les doigts, laissant presque entendre au policier qu'il n'avait pas fait son boulot correctement, qu'on n'enregistre pas comme ça n'importe quelle plainte à la légère, qu'il aurait dû le consulter immédiatement et que lui, le procureur, se serait fait un plaisir de recevoir cette jeune fille pour la raisonner – non qu'il fût à proprement parler de l'autre côté de la loi mais du genre qui préfère l'arrangement au scandale, pourvu que tout le petit monde qu'il avait le sentiment de tenir sous sa responsabilité tienne ensemble, oui, c'est le genre d'expression qu'il aurait pu employer, que « Moi ce qui m'intéresse, c'est que tout le monde tienne ensemble » et qu'en ce sens il fallait toujours, en matière de justice, mesurer les coûts avant les bénéfices parce qu'il y avait toujours un risque à vouloir faire exploser trop de vieilles habitudes – exploser c'est le mot, quand ce n'était déjà plus une simple grenade qu'il lui semblait avoir sous les yeux mais une petite bombe, comme celles qu'on trouve dans les dessins animés, boule noire poursuivie d'une longue mèche dont il sentait déjà qu'elle avait commencé à se consumer.

Il a dit au policier de le laisser seul, qu'il allait étudier la situation, du genre de situation très délicate qui arrive à un procureur deux ou trois fois dans sa vie, à cette heure où il ne sait pas encore de quel côté le vent tournera mais, qu'il classe l'affaire sans suite ou bien qu'il lance une procédure, il sait qu'il sera pour toujours « l'homme qui », c'est-à-dire celui dont il sera écrit pour toujours sur le front qu'il a tranché, quelque chose comme « Souvenez-vous, l'affaire Le Bars, oui, c'était lui, l'homme qui… » – et se disant peut-être, en essuyant les gouttes de sueur qui se mettaient à perler sur son front, que le jour où il fut si fier de prêter serment, il aurait dû penser aussi à ça, la casuistique qui s'y génère, en même temps qu'il faisait défiler intérieurement toutes les qualifications pénales que le récit de Laura lui inspirait, « corruption sexuelle » ou « abus de faiblesse » ou « trafic d'influence » et même « proxénétisme », en même temps qu'il se disait que ce papier où il écrivait tout ça, il ne faudrait pas oublier de le déchirer en petits morceaux et le jeter à la poubelle, continuant de chercher dans la nomenclature des faits lesquels seraient les moins lourds à porter, non pas pour l'accusé mais pour lui, selon quel motif il pourrait y garder sa place et sa probité, réfléchissant, se levant, marchant sur le parquet grinçant de son vieux bureau, se rasseyant enfin en se disant que parmi tous ces délits, ceux que l'opinion publique pouvait tolérer le mieux, par ignorance ou lassitude, c'était ceux dont l'énoncé était le plus flou, le plus abstrait, le plus opaque et le plus ouvert à la fois, de sorte que le lendemain, voilà, le même procureur ouvrait une enquête préliminaire pour « trafic d'influence ».

7

C'est un fait établi qu'en matière de pouvoir, la panique s'accroît à mesure qu'on s'approche du sommet, à cause de cette propension des plus hauts dignitaires à croire que si quelque chose parvient à les effleurer, alors c'est qu'il en va du sort de l'humanité tout entière, à moins que rien ne les vexe plus que d'être rattrapé par la trivialité du monde dont un temps ils ont oublié qu'ils faisaient encore partie. C'est ce que ça lui a fait, à Le Bars, quand le procureur en personne l'a appelé en lui disant des choses comme « Je suis désolé de vous embêter avec ça » et « Nous connaissons ce genre de filles » mais « Nous ne doutons pas que tout ça va s'arranger ».

Bon, a dit Le Bars, en tout cas c'est gentil de m'avoir prévenu.

Et raccrochant il s'est détesté un instant, non par culpabilité soudaine mais ce manque d'envergure et de stratégie, par quoi l'ambition qu'il se connaissait depuis l'enfance aurait voulu qu'il se rende meilleur comptable de ses actes, lui soudain si seul dans ce bureau plus grand encore que le précédent, dont il venait de choisir sur catalogue les nouveaux rideaux, s'imaginant soudain le quitter aussi vite pour retourner dans sa trop petite ville, et tapant d'un grand coup de poing sur son bureau en se retenant de hurler des « salope » et des « fait chier ». Mais assez vite il se reprit, Le Bars, se calma et réfléchit. Et dans les heures qui suivirent, je ne sais combien de coups de fil se mirent à circuler dans tous les sens, enchevêtrements de lignes invisibles qui se sont mises à se croiser très vite entre les différents services, le ministère et les renseignements généraux, les renseignements généraux et le parquet, le parquet et le ministère, comme si la petite bombe que Laura avait déposée dans le commissariat de sa ville s'était doucement transformée en onde télégraphique sans que personne, ni le policier, ni le procureur, ni le chef du renseignement aussi vite prévenu, personne ne mesure qu'à chaque téléphone décroché, à chaque coulée de paroles circulant, chacun à son échelle aidait la mèche à se consumer un peu plus. Mais personne non plus n'était dupe de ce qui devait arriver, que la même mèche, à force de conduire l'étincelle qui s'approchait de la poudre, bientôt il faudrait que ça explose, c'est-à-dire que l'affaire finisse par se répandre sur la voie publique, quand par quelle zone grise et poreuse des liens de la justice et de la presse, par quelles brasseries qui bordent les palais de justice, l'écho des plaintes finit toujours à l'encre noire dans les quotidiens.

Et celle-là, de plainte, ne dérogea pas à la règle : trois jours plus tard la France entière entendit parler d'une dénommée Laura dont un ministre en exercice aurait abusé, une sombre histoire de logement, lisait-on, en échange de petits services. À nouveau il y eut un branle-bas, cette fois dans les bureaux du ministère où de probes fonctionnaires tout de gris vêtus conseillèrent à Le Bars de prendre les devants, ou non pas conseillèrent, plutôt intimèrent l'ordre de s'expliquer au plus vite, de ne pas laisser la rumeur le ruiner en le poussant à s'exposer sans complexe dans les journaux, sur les ondes, à la télévision, surtout ne pas se murer dans le silence qui jouerait contre lui. Et cela, Le Bars sut le faire, contactant au plus vite les radios nationales pour y tenir les discours qu'il avait préparés, que maire d'une petite ville, dira-t-il, on est si proche de ses électeurs, souvent on les connaît personnellement et de fait on s'expose, et il arrive qu'on cristallise leur colère. Et d'ajouter que la justice est habituée à ces situations : elle est là pour séparer le bon grain de l'ivraie.

Et les journalistes insistaient : Vous ne niez donc pas avoir rencontré Laura Le Corre ?

Lui, hésitant, laissant ce petit blanc qui à la radio paraît durer des heures.

Je n'ai pas à exposer ici ce qui me lie à Mlle Le Corre.

Mais vous la connaissez ou pas ?

En effet, nous nous sommes rencontrés plusieurs fois. Et je dois dire que je suis d'autant plus déçu, pour ne pas dire abasourdi, que j'ai pour elle beaucoup de respect et d'amitié.

Elle a entendu ça, Laura, de l'autre côté du poste, respect et amitié. Seule dans sa chambre, elle n'a pas trouvé pour elle-même le sens de la repartie, se disant seulement quelque chose comme « Il est gonflé quand même », sans mesurer son propre sens de la litote, encore moins supposer que le même Le Bars, quittant le studio de radio qui l'avait accueilli, en était déjà à l'étape suivante, celle où toute son indignation à elle venue buter sur le ciel découpé du Velux serait bientôt chassée par ce qu'il faudra nommer alors stupéfaction ou même effarement, puisque donc Le Bars enfoncé dans le cuir de sa voiture ministérielle, composant le numéro de son vieil ami Bellec, avait pour elle d'autres projets en tête.

Je suis content de vous parler, Franck.

Et parce que Franck aux yeux de Le Bars était l'homme de la situation, du genre de chef d'orchestre invisible dans sa fosse, si profonde qu'il peut diriger n'importe quelle symphonie sans qu'aucun spectateur nulle part dans le grand théâtre du monde ne distingue le moindre de ses gestes.

Je crois qu'on n'a plus vraiment le choix, a dit Le Bars.

Non, c'est sûr, a dit Franck, du moins si vous y tenez toujours.

Ce n'est plus l'heure des scrupules, a avancé Le Bars.

Et persistant l'un et l'autre en phrases à demi dites du genre « Il faut battre le fer tant qu'il est chaud », ou bien « On a une fenêtre de tir de deux trois jours », ce n'était pas dans la conversation elle-même qu'on aurait pu comprendre ce qu'ils avaient en tête. Pour cela, il aurait fallu ne pas les lâcher d'une semelle depuis le début de cette histoire, installer des micros dans le bureau de Bellec et en déduire les pensées en trois bandes sur lesquelles ils s'étaient accordés depuis longtemps, comme si donc ils avaient joué une longue partie de billard français, quand taper la boule rouge produit un effet qui permettra un rebond sur la jaune qui permettra en dernière instance de toucher la blanche, attendu que la blanche, bien sûr, c'était Laura.

Bon, je m'en occupe, a dit Bellec.

On se tient au courant, a dit Le Bars.

Et ils ont raccroché. Alors Franck assis derrière son grand bureau en a ouvert le premier tiroir en dessous et, comme il aurait dégainé un revolver, il a sorti un vieux magazine pour hommes qu'il a posé à plat sur la surface vernie devant lui, et puis tourné les pages jusqu'à celles, centrales, où Laura Le Corre posait nue, aussi lascive qu'on peut l'être à seize ans sous les flashes d'un photographe. Et tandis qu'il passait sa main sur la silhouette glacée de Laura, il s'est dit que, oui, décidément, ils avaient eu raison de venir la chercher à la sortie du lycée. Aussi vite il a pris son téléphone, a demandé qu'on lui passe le rédacteur en chef du journal régional, et proposé de lui faire parvenir par coursier un document important.

Il n'y a pas à douter que Franck ait eu une pensée pour Max à ce moment-là, une pensée coupable pour Max en remettant le magazine au coursier qui venait d'entrer là, avec sur la tête encore son casque de moto pour ne pas perdre de temps, déjà prêt à remonter sur son scooter vers les locaux de *Ouest-France*. Dans ce même grand bureau où soupirait Bellec trônaient encore les gants du champion de France sur l'étagère, sur les murs les photos où ils se tenaient l'un l'autre par l'épaule en souriant vers l'appareil, lui dans son même costume blanc qui en dix ans avait pris une taille ou deux, Max torse nu au sortir d'une victoire. C'est pourquoi Franck, à l'heure de trahir comme il venait de le faire, connut les scrupules. Mais comme on dit qu'il y a loin de la coupe aux lèvres, il y a des kilomètres aussi chez certains hommes entre les scrupules et la morale. Même, chez les gens comme Bellec, il semble que les uns, au lieu de faire naître l'autre, l'en dédouanent aussitôt, comme si d'une seule pensée repentante on pouvait s'absoudre de tous les maux. Et de fait, Max ou pas, le lendemain c'était à la une de *Ouest-France*, je veux dire, non pas les photos impudiques de Laura mais le gros titre évocateur : « Affaire Le Bars : elle posait nue à seize ans ».

8

Mais qu'est-ce que ça peut faire ? a-t-elle dit à l'avocat qu'elle était allée voir. Même si j'y avais pensé, même si j'avais su que cette histoire ressortirait comme les vêtements d'un cadavre à la surface de l'eau, qu'est-ce que vous croyez ? Que je n'aurais pas porté plainte ?

Mais vous auriez pu me prévenir ! s'énervait l'avocat, dépité maintenant devant la page de *Ouest-France*, je vous avais dit de tout me dire !

Oui, eh bien, j'ai oublié, voilà, ça arrive, d'oublier certaines choses, non ?

Oui, ça arrive. Certaines choses, a-t-il ironisé. Vous connaissez la théorie de la victime parfaite ?

Non, elle a répondu.

Eh bien, c'est tout le contraire de vous. Vous comprenez, il a repris, ce dont on a besoin, c'est que vous y laissiez toutes vos plumes, votre virginité, même, si possible, ça, oui, c'est une victime parfaite. Et donc vous ne l'êtes pas.

Et sans le dire il a pensé « vraiment pas », se demandant plutôt pourquoi lui tombaient dessus des cas aussi indéfendables, avec autant de bâtons pour se faire battre, à commencer par ces photos qu'il imaginait déjà dans le dossier de la défense ou bien même pas, puisque de défense il n'y aurait pas besoin, vu qu'avec des casseroles comme ça, il a dit, le procureur allait sûrement classer l'affaire.

La seule chose, a-t-il ajouté, ce serait de prouver que Bellec, c'est tout un système. Cela, tout le monde le sait, n'est-ce pas ?

Oui, tout le monde le sait, a dit Laura. Mais c'est étrange, on dirait que ça ne franchit pas les portes du casino, je veux dire, le casino, c'est comme un caisson à oxygène, rien ne filtre au dehors.

Il faudrait que les autres filles parlent, a dit l'avocat.

Vous pouvez toujours rêver, a dit Laura.

C'est pourtant ce qu'il a fait : il les a contactées une par une, les filles du casino, mais une par une elles ont dit non, c'est-à-dire une par une, elles ont dit qu'elles n'avaient jamais vu le maire de la ville dans les lieux, que même ça leur paraissait fou d'imaginer ça, un maire en exercice au milieu des tables de jeux, et on aurait dit qu'on les avait programmées pour dire la même chose, garder le même silence dont personne n'était dupe mais ne pouvait rien faire : même le fait qu'elles emploient les mêmes formules, qu'elles disent unanimement qu'elles étaient très surprises, que depuis le temps qu'elles travaillaient là elles pouvaient jurer que des choses comme ça n'étaient jamais arrivées, rien ne convergeait assez vers la preuve pour un usage juridique – parfaitement préparées étaient-elles aussi à lâcher un peu de lest, que bien sûr il arrivait qu'elles s'asseyent avec un client et acceptent une coupe de champagne, que peut-être sur le nombre des années il était possible qu'un client leur fasse une proposition mais c'était tout, jamais plus. À la troisième qui dirait sur le même ton «jamais plus», il a compris qu'il ne parviendrait à rien, l'avocat, qu'en face de lui il avait affaire à une machine bien rodée et qui ne s'embarrassait même pas de se cacher : comme si Bellec et consorts n'avaient pas craint de jouer à découvert, connaissant assez les règles du jeu pour savoir qu'on ne pouvait rien faire, que toute la conviction, toute l'évidence qu'elles mentaient si mécaniquement ne pouvaient rien contre la réalité de la loi. Et lui-même encore, l'avocat toujours, assez expérimenté pour ne pas s'acharner sur le haut mur d'impasse que Franck Bellec avait dressé face à lui, ayant réussi à claquemurer ses propres filles dans le silence et les dénégations.

Cette fois c'est foutu, il a dit.

Je ne vois pas ce que ça change, a repris Laura.

Ça change que sans témoin et des photos de vous nue, l'opinion ne sera pas avec vous.

Les gens ne sont pas si bêtes, elle a dit.

Non, pas si bêtes mais enfin, il y a des vieux réflexes.

Et en un sens il avait raison, qu'en même temps qu'on le traiterait sans doute, lui, Le Bars, de salopard, on ne pourrait s'empêcher de la traiter, elle, de pute, et qu'en le disant chacun ferait pencher la balance du côté des forces de la nature, c'est-à-dire le fardeau du désir des hommes impossibles à rassasier, et la mesquinerie des femmes à en profiter. Du moins ce sont des choses comme ça qu'il faudrait défier à la barre d'un tribunal – des choses inaudibles en somme, a dit l'avocat. D'autant qu'il va enfoncer le clou.

Comment ça ? Quel clou ? a demandé Laura.

Et l'avocat a fait glisser sur son bureau face à elle la fin de l'article de *Ouest-France*, dans lequel on n'apprenait pas seulement qu'elle était fille de mauvaise vie mais la visite imminente de Quentin Le Bars dans sa propre ville, qu'il avait trouvé prétexte de venir inaugurer les nouveaux pontons du port de plaisance pour revenir se montrer, et qu'à l'occasion il donnerait un long entretien aux journaux locaux, bien décidé à s'expliquer, disait encore *Ouest-France*. Parce qu'en plus haut lieu on lui avait aussi conseillé ça, de ménager son socle et de saturer la rumeur, ayant lui-même compris que pour effacer la parole, il faut ajouter de la parole dessus, que c'est seulement en enfouissant le bruit sous le bruit qu'on a une chance de s'en sortir. Et parce qu'en outre, pensa-t-il sûrement, il faut assurer ses arrières, je veux dire : après tout, il n'était peut-être qu'un petit ministre destiné à l'oubli, bientôt invité à reprendre ses fonctions municipales, du genre qui toute sa vie pourra s'enorgueillir d'avoir été cela, ministre, ou pire encore, aura le sentiment que le firmament est derrière lui, qu'il a approché quelque chose qu'il ne retouchera jamais, une sorte de Graal en costume que quelques centaines de personnes dans le pays peuvent se targuer d'avoir atteint, mais qu'alors, pour toutes ces raisons, il valait mieux rester lié à sa terre d'élection. De là que, battant le fer encore brûlant, il avait aussi vite planifié cette visite et alerté la presse locale.

9

Dans les couloirs de la clinique où Max se reposait encore, tout depuis l'aube avait été fait pour qu'il ne tombe pas sur le journal du jour – celui-là que tout le personnel avait lu bien sûr et commentait en chuchotant. Les infirmières s'étaient donné le mot pour éviter le drame, cachant les quelques exemplaires qui traînaient çà et là dans les chambres et les petits salons, ne quittant pas Max du regard quand il allait et venait dans les jardins en fleurs, sa silhouette taciturne sous les pétales des cerisiers. On avait même parlé d'augmenter la dose prescrite des calmants pour l'éloigner plus encore de la réalité, en même temps qu'on passait partout avant lui pour cacher le journal, mais du genre de résolutions qu'on tient fermement une journée, avant qu'elles s'effritent le lendemain, plus encore avec un journal quotidien dont il semble à chacun que celui de la veille est assez périmé pour en avoir perdu toute sa toxicité. Alors il avait suffi de cette négligence-là, d'un exemplaire qui avait continué de traîner le lendemain sur une table basse, sans que personne puisse savoir si ce fut vraiment un oubli ou bien une malveillance – quelqu'un qui aurait eu plaisir à voir Max lire « Affaire Le Bars : elle posait nue à seize ans », de ce titre assez magnétique, assez radioactif encore en ce lendemain pour que dans la demi-brume qui entourait son cerveau, chaque mot écrit en si gros caractères vienne se fixer comme des poignards gelés sur les parois de son crâne.

Alors Max, tombant dans le premier fauteuil venu, à mesure de toute l'affaire déballée là sous son regard, à mesure des insinuations du rédacteur sur les mœurs de Laura, ça s'est mis à cogner un peu plus fort sur les bords de son cerveau, comme pour un dinandier les coups de marteau sur son plateau de cuivre, et voilà que les parois de son crâne se sont comme déformées un peu plus, élargies un peu trop, laissant passer les courants d'air au risque des portes qui claquent. Aussi quand le lendemain au réveil on ne l'a pas trouvé dans sa chambre, tout le monde a vite compris.

Personne pourtant ne sait à quelle heure il s'évada. Personne non plus n'a fait le rapprochement avec la visite de Le Bars dans la ville. Tout ce qu'on sait, c'est qu'on a retrouvé le dosage d'une semaine de médicaments dans la couture de son oreiller. Et qu'alors pour les médecins, ceci expliquait cela : ces médicaments censés le calmer, il avait calmement fait semblant de les prendre, semblant d'avaler le comprimé devant l'infirmière, semblant d'y faire passer un grand verre d'eau dessus, tandis qu'en vérité il restait coincé sous la langue, intact, à peine râpé par la salive, et prêt à être recraché dès que l'infirmière aurait tourné les talons, avant d'être enfoui dans l'oreiller – une semaine entière où il avait fait semblant d'être calme comme d'habitude, endormi le matin comme d'habitude tandis qu'en vérité il était nerveux et sans sommeil, comme si ç'avait été là le prix à payer de sa lucidité, si par lucidité il faut entendre cette fois ce regard intraitable et noir qu'on jette quelquefois à la surface du monde, effrayante colère qu'on subit depuis le soupirail de sa propre nuit d'où voir s'agiter sur les trottoirs les pieds mécaniques des passants.

Personne donc ne sut à quelle heure il ouvrit sa fenêtre et enjamba le rebord qui l'amena sur la pelouse, les grilles si vite franchies qui le séparaient de la route pour rejoindre la ville où dans l'aube il s'aventurait, errant par les rues vides d'une ville qu'il connaissait si bien. Mais ce jour-là, cette même ville, elle n'était rien d'autre pour lui qu'un amas de pierres et de courants d'air, de sable et d'eau qui bruissaient le long du sillon, sur la plage où il s'assoupit quelques heures, fatigué d'avoir longé trop longtemps les parois de la nuit, peut-être même les comptoirs fatigués des bars et les façades de granit où s'appuyer quand le corps lâche à l'heure des bars fermés. Un temps donc, il ne fut plus qu'une ombre dans la compagnie des réverbères, et qui l'aurait rencontré là, allongé sur le sable, aurait peiné à croire que c'était le même homme qui deux semaines plus tôt régnait encore sur les rings de la région.

Seulement voilà, ce n'est pas parce qu'on échappe à soi-même qu'il ne reste pas comme un gardien de phare qui regarde les gerbes d'eau se briser sur les vitres. En Max résidait cela encore, une vigie lumineuse qui lui servait de boussole quand vers onze heures ou midi il s'est réveillé et s'est dirigé comme un automate vers l'entrée du casino – non plus la petite porte de service qui donnait sur le parking mais l'autre, la grande porte qui dominait les quelques marches qu'il venait de monter, empruntant maintenant l'escalier central qui menait là, au premier étage, à droite la porte de bois verni du bureau de Franck Bellec.

Il n'a pas frappé avant d'entrer, seulement appuyé sur la poignée et poussé sèchement dessus, de cette force naturelle qu'aucune fatigue désormais ne venait plus contredire. De tout cela Franck s'est rendu compte en le voyant entrer, se reculant sur son siège à roulettes en même temps que sa main déjà s'engageait vers un tiroir à proximité, d'où ce n'était plus un magazine qu'il comptait brandir mais bien, comme n'importe quel directeur de n'importe quel casino du monde, un pistolet qu'il conservait pour le cas où, s'il arrivait qu'un joueur désespéré fasse irruption dans son bureau, du genre dont il faudrait enrayer la colère d'une arme pointée sur lui. Mais devant Max si défait qui se tenait là debout dans l'embrasure de la porte, Max immobile sans colère, Franck n'a pas sorti son arme. Il a compris que Max ne lui ferait pas de mal, qui a seulement dit, le regardant à peine mais déjà les yeux qui faisaient le tour de la pièce :

Je viens récupérer mes gants.

Et en même temps qu'il jetait un regard vers eux posés là sous la lumière de l'étagère, Franck a laissé faire Max qui s'en approchait, une main toujours sur la poignée de son tiroir, et seulement balbutiant :

Bien sûr, je comprends, ils sont à toi.

Et Max a ouvert la vitrine, retiré les gants du socle qui les maintenait debout, les a examinés pour vérifier leur état, les quelques craquelures qui les certifiaient, et les a noués ensemble sans rien dire, seulement jeté un regard émoussé vers Bellec, et puis il est ressorti. Il n'est pas exclu qu'à cet instant Franck, le voyant s'éloigner, ait compris ce qui allait se passer mais il laissa cette pensée le traverser sans la moindre volonté d'arrêter Max, comme s'il venait de découvrir en lui, dans cette passivité nouvelle et qui peut-être le surprenait lui-même, une forme de paix intime. En tout cas personne n'empêcha Max de redescendre le même grand escalier central, au bout de son bras ses gants qui se balançaient ensemble tenus par leurs lacets. Personne, pas même Hélène, qui dans l'ombre du comptoir l'avait vu déjà monter chez son frère, l'avait laissé sciemment monter chez son frère et le surprendre dans son bureau. Et le voyant traverser le hall dans l'autre sens, elle a peut-être essayé de l'approcher mais, dira-t-elle plus tard, il ne me voyait pas. Alors tout ce qu'elle a trouvé à faire par la suite, quand Max aussi vite s'est retrouvé dehors, sa silhouette de dos qu'elle regardait se découpant sur la mer plus picturale encore que d'habitude, tout ce qu'elle a trouvé à faire, disais-je, ce fut d'appeler Laura, de lui dire que voilà, ton père, il est parti pour faire une connerie – et quoiqu'on puisse discuter longtemps encore aujourd'hui de savoir si ce qu'il allait faire, ce qui était écrit comme sur la banderole d'un avion survolant la ville, c'était vraiment une connerie.

10

Et pour un homme hagard il avait le sens des horloges, quand à l'instant précis où il quittait le hall du casino, Quentin Le Bars en personne descendait du TGV qui l'amenait de Paris, accueilli comme un jour de fête par la nuée des journalistes au bout du quai, qui déjà l'assaillaient pour le suivre au Neptune. Puisque c'est au Neptune qu'il les avait conviés, dans le grand salon qu'on lui avait réservé pour l'occasion, disposé exprès pour qu'il puisse leur dire tout le plaisir qu'il avait d'être là – et déjà s'excusait de ce que les circonstances l'obligeaient à revenir un instant sur cette sordide affaire, laquelle l'atteignait au plus profond de sa chair, oui, dit-il en un soupir augmenté, au plus profond, et tous autres effets qu'il accumula une heure durant, dépliant sa bonne foi comme un long parchemin sous le feu des questions qu'on aurait dit écrites par lui, tant elles lui faisaient toutes ou presque cette courte échelle par laquelle il parviendrait à attendrir son public : qu'il avait eu un moment de faiblesse, cela il ne le nierait pas, et s'était laissé séduire par cette jeune fille qui l'avait abordé, insistante et gracieuse, mais quant au reste, je ne laisserai personne dire, etc., etc.

D'ailleurs, ajouterait-il devant le parterre du Neptune, y avait-il le moindre document prouvant qu'il était intervenu en sa faveur pour un logement ? Et pour cause non, découvrit-elle plus tard, puisque en effet, non, il n'avait jamais fait la moindre démarche pour l'aider – pas même glissé un mot au service des logements de la ville. Je n'ai jamais aimé les passe-droits, dira-t-il encore, ni les petites combines. Et chaque phrase était dite très lentement, très posément, pour être sûr qu'elle sortirait mot à mot dans le journal, assurée par cette force si effarante, si déstabilisante, qu'ont certains hommes de mentir sans ciller. Et quand l'un des journalistes plus acide que les autres avait demandé comment il pouvait expliquer que Laura Le Corre s'était retrouvée à travailler pour Franck Bellec, Le Bars ne s'était pas démonté, c'est-à-dire que la présence de Franck à quelques mètres de lui, la présence de Franck qui se pensait encore comme le bras armé du ministre, ne l'avait pas empêché de lancer :

Quand on est maire, vous savez, il faut composer avec les personnes en place, cela ne veut pas dire que vous cautionnez leurs activités.

Et toute la salle d'un seul mouvement de nuques s'était tournée vers Bellec, scrutant sur son visage la marque de la gifle qu'il venait de recevoir, toute la salle sauf lui, Le Bars, qui attendait, impavide, la question suivante. Et quand le même journaliste a repris : Sous-entendez-vous alors que certaines activités de M. Bellec ne seraient pas tout à fait légales ? dans la salle il n'y eut plus seulement ce regard unanime et inquiet vers Bellec, mais ce fond de voix plurielles qui serpente très lentement dans les foules rassemblées, grondement d'étonnement qui s'élève comme un neume dans la nef d'une cathédrale, et coupé net alors par la voix solennelle du maire :

Je vous rappelle que je suis ministre des Affaires maritimes, a répliqué Le Bars, pas de la police des mœurs.

Et s'imaginant peut-être que son ami Bellec comprendrait la situation, assez roués l'un et l'autre, supposait-il, pour savoir que les coups portés publiquement ne comptent pas, version théâtrale et nécessairement truquée de leur inavouable connivence. Mais s'il avait pris le temps d'accuser réception du regard de Franck à cet instant, s'il n'avait pas impunément repris le fil de son discours et invité l'assemblée à le retrouver dans une heure sur le port de plaisance, il aurait pu saisir que non, décidément, Franck Bellec ne comprenait pas.

Puis donc il a mis fin aux questions et quitté la petite scène qu'on lui avait improvisée, derrière lui la cohorte des journalistes lui emboîtant le pas, comme le cortège d'un mariage au sortir de la messe, et presque on aurait cru que l'un ou l'autre allait lui lancer du riz au visage. Mais le marié s'en est allé plus vite qu'un samedi devant l'église, s'est engouffré dans l'habitacle de sa voiture, aucune robe blanche à ses côtés, seulement son ancien adjoint devenu maire et qui signifiait au nouveau chauffeur de les amener jusqu'au port de plaisance – au nouveau chauffeur, oui, puisque bien sûr non, ce n'était pas Max Le Corre qui conduisait. Ce n'était pas Max Le Corre qui regardait Le Bars dans son rétroviseur, ni ne cherchait son sourire ou sa complicité. Assis à la même place sur la même banquette de cuir, Le Bars n'a pas pu ne pas penser à Max, n'a pas pu ne pas sentir son souffle le long de la ville close, quand la voiture filait près des remparts, apercevant peut-être, sur un mur ou un autre, sur le pied d'un réverbère, les lambeaux d'affiches du grand combat perdu, silhouettes lacérées par la pluie et le vent, dessus reconnaissable encore le regard noir de Max, délavé et tordu par le papier trempé.

Mais qui à cet instant aurait pris le temps de savoir à quel point l'image était ressemblante à son modèle, je veux dire, combien tous ces suaires périmés portaient dans leurs déchirures mêmes le portrait si intime du véritable Max ? Lui, errant encore à cette heure par les rues de la ville, sur le visage les mêmes flétrissures que l'affiche épuisée, ses gants de champion de France attachés à la ceinture qui continuaient de se balancer au gré des pas qui le conduisaient sans but, croyait-on, à travers les longues ruelles pavées, faisant d'étranges gestes avec les bras, boxant dans le vide de l'air qui ne lui répondait pas, mais seulement les passants qui se retournaient quelquefois pour suivre un instant en souriant cet original, ce fou-dingue qui ne faisait de mal à personne, comme autrefois on aurait regardé avec ce qu'il fallait de bienveillance un échappé des petites maisons. Mais Max ne voyait personne. Ses seuls adversaires étaient plutôt mille insectes invisibles tournoyant autour de lui, comme si sa pensée tout entière n'était rien d'autre qu'une nuée de moucherons qui l'accompagnaient à chaque pas, attirés par la chaleur de son visage, virevoltant là à quelques centimètres de sa peau, tandis qu'aucun mouvement de bras pour les chasser, aucun poing serré ni direct du gauche n'aurait su empêcher cela, le déploiement infini, mouvementé et hasardeux de toutes ces idées-mouches qui, oh, ne l'assaillaient pas, l'expression serait trop belle, plutôt le narguaient sans vraiment se fixer, à ce point qu'on pouvait redouter que cela arrive.

Cela, non, que quelque chose se fixe, il ne vaudrait mieux pas, avait dit le médecin à Laura plusieurs fois, tous les deux l'observant dans les allées du parc de la clinique, mutique et agité le long des grilles de fer, résignés l'un et l'autre à ne plus le voir jamais recouvrer la raison. Ce n'était pas une chose, il faut dire, qui avait surgi d'une heure sur l'autre, plutôt s'était enflée et boursouflée en silence, comme un film plastique qui se décollerait peu à peu de son support, et puis un jour, comme si de l'hélium ou quelque chose comme ça le tendait vers le ciel, il commençait à planer dans les airs – oui, voilà, quelque chose qu'on ne sait pas nommer s'est éloigné et envolé, s'est mis à tourbillonner au-dessus de lui et puis s'est enfui en volutes et arabesques. Le cerveau quelquefois, a poursuivi le médecin, c'est comme un cerf-volant qui vous soulève par les pieds et vous suspend la tête en l'air dans les cieux.

Elle aura eu le temps de repenser à tout ça, Laura, assise ce jour-là sur le siège passager d'une voiture arpentant les faubourgs, au volant l'ancienne reine de la nuit qui l'avait prévenue – et convenant toutes les deux qu'il fallait faire quelque chose, retrouver Max avant qu'il soit trop tard, sillonnant les quartiers aussi lentement qu'une patrouille de police, ouverte chacune à toutes les hypothèses et jusqu'à la plus probable d'entre elles : que pour trouver Max, il fallait trouver Le Bars.

11

Aux inaugurations, aux vernissages, aux cérémonies officielles que les maires enchaînent comme des Notre-Père, personne ne sait jamais vraiment ce qui l'y amène mais tout le monde a une bonne raison d'y être. Là, sur les vieux quais en pierre, en contrebas l'eau du bassin qui accueillait les pontons flambant neuf, patientait déjà la petite foule mêlée de notables et de simples curieux, parmi elle mille plaisanciers venus s'émouvoir de ces nouvelles infrastructures où ils pourraient enfin parquer leurs voiliers, commentant les uns et les autres le résultat des travaux, un œil pour l'eau, un autre pour la route qui débouchait là, sur l'esplanade où on attendait l'imminente arrivée du ministre. Beaucoup encore étaient venus pour saluer celui qu'ils considéraient comme une relation personnelle, ainsi qu'il advient quand un maire monte en grade et qu'alors chaque habitant de la ville se sent avoir un peu l'oreille du pouvoir. Depuis sa nomination, on n'avait jamais entendu autant de « Ah mais je le connais très bien » ou de « J'étais à l'école avec lui», rangeant chacun au fond de sa poche la couleur de ses idées pour venir quémander une poignée de main qui lui semblait être le minimum d'égards auxquels il pouvait prétendre, redoutant déjà que le prestigieux ministre ne lui accorde publiquement son dû – angoisse qui serait bientôt levée par l'arrivée de la voiture noire dont descendrait d'abord le nouveau maire, derrière lui Monsieur le ministre, surjouant volontiers la nonchalance de sa démarche et l'assurance démiurge qu'il savait devoir produire devant les caméras qui filmaient l'événement, c'est-à-dire filmaient l'émerveillement convenu des élus rassemblés devant ces formidables investissements qui rappelaient à tous, avait prévu de commenter le ministre, la vocation maritime de la ville, usant de ces longues phrases écrites sur un coin de table par quelque fonctionnaire rompu à l'exercice, une pour le glorieux passé de la ville et une autre pour le glorieux avenir, entre les deux le glorieux présent qu'on était en train de vivre – merveilleuse synthèse du temps où toute la République se trouve chaque jour cent fois convoquée devant n'importe quel mur ou palissade synonyme de progrès et de vie commune.

Mais en matière de vie commune, il y en avait un qui avait dérapé depuis longtemps, et c'était Max Le Corre : posté maintenant de l'autre côté de la route en retrait de l'événement, il pouvait suivre les mouvements orchestrés de la cérémonie, caché par les voitures garées à l'ombre des remparts. Tout ça faisait comme un fond de scène sur un plateau de théâtre, du genre dont Max était le personnage à vue qui se prépare dans les coulisses, celui aussi dont un spectateur attentif ne pourrait pas manquer de distinguer la silhouette si musclée se détachant bientôt sur le camaïeu de pierres grises et qui, le sait-on déjà, viendra tout renverser sur son passage. D'ailleurs ce spectateur attentif était là, qui voyait briller entre deux pare-chocs les bandes noires du survêtement de Max ou bien son crâne rasé peut-être qui dépassait du toit des voitures. Et personne alors ne s'étonnera de savoir que ledit spectateur installé lui aussi à l'écart de la foule s'appelait Franck Bellec, rembruni encore par l'avanie subie une heure plus tôt mais debout toujours, et tenant à le montrer. Et Franck a regardé Max. Et Max a regardé Franck. Et c'est comme si chacun savait ce que l'autre ferait, ou ne ferait pas. Comme si Bellec savait que cette fois il ne sauverait pas Le Bars et que Max le savait aussi, que Franck ne bougerait pas plus qu'un spectateur au balcon d'un opéra, immobile dans son costume blanc, tout armé d'impatience à l'idée de ce qu'il pressentait. Même, à cet instant, dans l'échange soutenu de leurs regards, on aurait dit qu'ils venaient d'effacer conjointement les noires années qui les avaient éloignés, et qu'alors voyant Max se mettre torse nu dans la fraîcheur d'avril, oui, s'il avait pu, Franck, il aurait accompagné Max sur le ring.

Puisque dans la tête de Max, voilà, bien sûr, c'était un ring. Dans sa tête c'était un vrai combat et on allait bientôt crier son nom pour l'acclamer et le faire entrer là face à son adversaire du jour, le redouté Le Bars qu'on avait annoncé venu exprès de Paris pour le défier chez lui, dans sa ville. Bientôt il allait poser son grand peignoir sur la chaise à son nom et ils allaient se jauger de tout leur corps comme cela se fait avant la sonnerie, se mesurer d'un même orgueil prolongé et animal, comme deux vieux lions qui seraient parvenus à préserver jusqu'alors chacun son territoire, s'étant défiés mille fois par invectives interposées sans jamais s'affronter, et prêts maintenant à en découdre à la vue de tous – et quoique tout ça bien sûr n'eût lieu que dans les esprits télépathiques de Max et de Franck, je veux dire, ni dans celui de Le Bars qui descendait à l'instant de la berline, ni dans les oreillettes des deux hommes en noir qui depuis un moment déjà, de leurs yeux robotiques, radiographiaient les alentours au cas où, on ne sait jamais, un fou qui s'en prendrait à la sûreté de l'État.

À croire alors qu'ils ne le prirent pas pour un fou ou bien ne le virent pas, l'homme qui maintenant retirait son survêtement, une main contre le mur pour garder l'équilibre. En tout cas ils ne s'en méfièrent pas, de celui que certains, l'apercevant peut-être, auraient pu reconnaître comme le boxeur déchu qu'ils avaient admiré, mais la plupart plutôt l'identifiant à ce quantum irréductible des énergumènes qui hantent tout rassemblement public – lui, Max, caché toujours derrière les carrosseries des voitures, comme un vestiaire de fortune qu'il s'était inventé, un à un maintenant il enfilait ses gants, sautillant sur place pour ne pas se refroidir avant d'entendre son nom et suivre l'imaginaire couloir qui s'ouvrirait pour lui jusqu'au carré central. Mais de couloir qui s'ouvrait, pour l'heure il n'y en avait que pour Le Bars qui s'avançait là, encadré par les deux colosses aux oreillettes blanches, à travers la petite masse compressée des badauds, serrant toutes ces mains jusqu'alors si inquiètes, aussitôt assurées de son indéfectible amitié. Seul ensuite il avait gravi les quelques marches qui menaient là, sur l'estrade faite de praticables qu'on avait assemblés pour faire comme une tribune, branlante un peu sur les pavés mal équarris du quai, au pied d'elle les gardes du corps auxquels il avait demandé de ne pas l'accompagner, parce qu'ici c'était sa ville et qu'il importait qu'il restât, selon l'expression en usage chez ce genre de personnes, « proche des gens ». Et surélevé maintenant d'un ou deux mètres, il était temps pour lui de saluer les quelques officiels qui s'impatientaient à leur tour sur la scène : le directeur du port et les élus locaux qui ne pouvaient pas manquer une occasion pareille d'accueillir un ministre.

Puisque cette fois, non, ce n'était plus Quentin Le Bars, mais bien le ministre des Affaires maritimes qui se présentait à eux – lui-même, Quentin, premier soulagé de prêter son corps à l'autre, le ministre, se débarrassant ponctuellement du poids de cette triste affaire qui le salissait tant mais qui là, endossant sur la scène son costume national, s'effaçait d'un seul coup, sous l'effet magique et blanchissant de son immunité. Alors, drapé comme il était dans les ors de sa fonction, il était loin de suspecter que dans la foule il y en eût l'un ou l'autre qui ne vît pas en lui un ministre ni un maire ni rien d'une fonction officielle mais seulement « ce salaud de Le Bars » – incapable, ce salaud de Le Bars, de concevoir l'énergie colérique qu'il avait pu générer ici ou là et qui circulait à plein maintenant dans les nerfs de Max, c'est-à-dire les nerfs d'un père qui se souvenait très bien qu'il n'était pas le véritable offensé mais le seul peut-être qui pût encore rétablir en leur point d'équilibre les poids de cette vieille balance qui penche si traditionnellement du côté des estrades.

Et qui sait si à son tour, dans la voiture d'Hélène, Laura n'avait pas été prise de pensées similaires, quand à la radio locale on venait d'évoquer l'arrivée de Le Bars sur le port de plaisance, assez sagaces en tout cas, ses pensées, pour qu'elle se tourne vers Hélène et lui dise que bien sûr, Le Bars, le port de plaisance, c'est là-bas qu'il est allé ! Et Hélène de prendre la première rue à droite pour filer vers le port, au loin déjà les barrières et les flics sanctuarisant l'événement, les obligeant à se garer à distance, descendre très vite de la voiture et se mettre à courir vers l'esplanade qu'elle, Laura, ne se représentait pas vraiment comme un ring, plutôt comme une arène, à cause de ce qu'il y avait d'inique dans la forme du combat, Max en gladiateur solitaire, piètre Spartacus qui n'aurait fédéré derrière lui que le rire et la pitié.

Mais ledit Spartacus ne les attendait pas, et Max aux gants serrés est sorti de derrière les voitures, d'où Franck le regardait encore et se doutant, à si bien le connaître, qu'à cet instant il se concentrait fort, prêt à mener le trente-septième et dernier combat de sa longue carrière, pour arbitres les mâts des bateaux qui se dressaient au-dessus du quai.

Donc voilà. À la tribune, le directeur du port a présenté son hôte et dit tout l'honneur que c'était pour la plaisance locale de recevoir son ministre et puis Le Bars à son tour, debout derrière le pied de micro qu'on remontait pour lui, a remercié le directeur et commencé à égrener comme il se doit la liste officielle de ses destinataires, c'est-à-dire la litanie des titres de ceux qui l'entouraient, « Monsieur le maire de la ville », « Monsieur le conseiller général », tandis que Max se glissait comme une anguille parmi les rangs épars de ceux qui écoutaient et ne voyaient qu'à peine cet homme en tenue de boxeur passer à côté d'eux ou plutôt le voyaient très bien mais continuaient de se faire croire que le plus important ne se passait pas là, peut-être aussi parce qu'avec tous ces flics et ces hommes en noir qui quadrillaient l'esplanade, il ne pouvait rien se passer, ensorcelés, tous, par la voix de Le Bars amplifiée qui résonnait dans les enceintes, « Monsieur le président de la commission des sports », « Monsieur le vice-président du conseil régional », tandis que Max s'approchait maintenant tout près des quelques marches de fer, espérant peut-être encore que, parmi tous ces titres que Le Bars enfilait comme des perles, il pourrait entendre le sien : « Monsieur le champion de France de boxe ». Mais non, au lieu de ça il y eut encore « Monsieur le conseiller régional » et « Monsieur le directeur des services municipaux », « Mesdames et messieurs les adjoints », enfin « Mes chères concitoyennes, mes chers concitoyens » puis, reprenant sa respiration pour se jeter cette fois dans le corps de son discours, Le Bars eut peut-être le temps de dire « je » ou « je suis » quand il dut voir ou sentir devant lui l'attention tout entière de la foule soudain détournée, les cent regards happés en un seul faisceau dont le cône se terminait là, sur le corps torse nu de Max qui venait de surgir sur l'estrade, avait presque grimpé d'un bond les quatre marches qui le séparaient du sol, et s'était hissé là comme aussi bien un dieu antique aurait émergé de la mer – Neptune cette fois de chair et d'os qui au lieu d'un trident levait ses vieux gants mal lacés à hauteur de visage. Piétinant là, devant tous interdits, il a pris le temps d'un regard éperdu vers la foule, masse indifférenciée dans laquelle il aurait été incapable de reconnaître un visage, pas même celui de sa propre fille qui s'y faufilait maintenant, hésitant à crier mais craignant que le moindre mot ne vienne électriser la situation, tandis que sur la scène déjà les officiels se reculaient, loin des gants menaçants du boxeur, comme dans tout règlement de comptes on ne voudrait prendre une balle perdue. Et Le Bars a compris tout de suite, juste eu le temps de penser à ses gardes du corps et se demander ce qu'ils foutaient, tandis qu'un fou fonçait sur lui en se croyant sur un ring.

Pour lui, c'est certain, ce n'était pas un ring, plutôt une petite forteresse que les gardes en cotte de mailles avaient désertée et dont il devenait lui-même à cet instant la porte qu'on cherche à enfoncer à coups de bélier. Or Max s'y connaissait en coup de bélier, qui maintenant de tout son poids se jetait sur Le Bars pétrifié, le poing droit qui venait d'en percuter la mâchoire tandis que le gauche s'écrasait sur son nez si vite ensanglanté, le faisant basculer en arrière le long des barrières qui le protégeaient de la chute dans l'eau du port, tombant aussi vite au sol, sonné par les coups trop puissants de Max, sous le regard tardif des hommes en noir.

Ils ont peut-être cru à une attaque terroriste, parce que ça a surgi pareillement, de nulle part dans le grand calme des jours suffisants, quand tout roule dans l'entre-soi de la forfaiture et qu'alors n'importe quel grain de sable dans l'engrenage – parce qu'au fond qu'est-ce que ça aurait dû être pour eux, les deux colosses qui n'avaient rien vu venir ? Rien d'autre qu'un grain de sable dans un engrenage qui normalement tourne sans le moindre accroc sauf que cette fois, ils venaient de le comprendre, c'était beaucoup plus qu'un grain de sable, c'était tout l'édifice de leur château à eux qui s'effondrait sur lui-même. Et leur château à eux n'est pas fait de cartes à jouer qu'on fait tenir si fragilement, non, c'est plutôt des donjons et des meurtrières et en haut des murs, sur les remparts, si quelqu'un arrive seulement à franchir les douves, il y a partout des arquebuses et des seaux d'huile bouillante prêts à fondre sur lui, le fou qui s'aventure là. Et c'est ce qui s'est passé : non pas un seau d'huile ni une flèche brûlante mais les types en noir formés pour ça, vexés aussi de n'avoir pu s'interposer assez tôt, de ne l'avoir pas vu grimper là si agilement, alors l'un des deux n'a pas réfléchi plus longtemps : sur lui est tombée l'évidence que si une fois dans sa vie son arme devait servir, c'était maintenant, c'était pour sauver non pas seulement le ministre mais tout le château attaqué en son cœur, et alors il l'a fait, il a pris son flingue à sa ceinture, il l'a porté au bout de son bras tendu et il a crié : Ne bouge plus, ne bouge plus ou je tire !

C'est cette phrase-là qu'elle a entendue, Laura, parvenue à son tour au pied de la tribune, obligée de lever la tête pour voir cet homme qui tendait son arme vers son boxeur de père – Max qui dans le même temps continuait de frapper Le Bars, lui demandant de se relever pour continuer le combat, à plusieurs mètres le garde du corps si fébrile insistant, répétant, Ne bouge pas, je t'ai dit, ne bouge pas. Mais Max n'écoutait pas, n'entendait rien des phrases mêlées du vigile et de sa fille qui maintenant criait elle aussi, Arrête, papa, arrête ! Et Max a fini par se relever, laissant Le Bars immobile et groggy et alors se retournant vers l'homme en noir, il a commencé à s'avancer vers lui en sautillant, les gants toujours à hauteur du visage, comme si le combat ne pouvait pas finir, comme si le cerf-volant qui lui servait d'esprit s'était emmêlé dans les branches d'un arbre tout là-haut dans les cieux et qu'une déesse infernale ricanait en en tirant les fils. Et Max continuait de piétiner sur place en faisant rouler ses poings, disant à celui qui tenait l'arme toujours à portée de son bras, Viens, viens, approche, tandis que Laura hurlait, Arrête,

arrête, jusqu'à ce que les deux hommes, avec leurs oreillettes toujours qui les rendaient si androïdes, finissent par comprendre que cet homme en short qui rêvait de boxer et de boxer encore, ce même homme qui venait de casser le nez d'un ministre, n'était rien d'autre qu'un hurluberlu, un détraqué désormais presque inoffensif et qu'à eux deux ils pouvaient neutraliser sans violence, du moins leur manière à eux d'être sans violence, lui prenant chacun un bras qu'ils lui tordirent dans le dos, l'obligeant à s'agenouiller et lui disant : Ta gueule maintenant, ok, ta gueule !

Et Laura aurait voulu le rejoindre à ce moment-là, aurait voulu qu'on l'arrête elle aussi, qu'on lui torde le bras et qu'on lui dise « Ta gueule », oui, elle aurait voulu ça, repoussée au pied des marches par le cordon vite monté des policiers qui s'attroupaient en masse et dispersaient la foule, de sorte qu'elle ne put rien faire d'autre que d'assister impuissante à ça, l'arrestation de son père, à genoux toujours sur la ferme injonction des deux gardes, eux qui avaient déjà compris qu'avant ce soir on les remercierait. Alors entre deux policiers qui lui barraient le passage, elle a cherché le regard de son père qu'elle aurait aimé rencontrer à ce moment-là. Mais lui, Max Le Corre, la tête maintenue au sol par le plus véhément des deux vigiles, il n'était plus vraiment là, quelque part peut-être au Panthéon de la boxe, entre Joe Louis et Mike Tyson.

Et tandis que peu à peu la foule se dissipait, Hélène a retrouvé Laura, un dernier regard qu'elle eut quant à elle pour son frère dont l'ombre blanche s'éloignait, sereine et dédommagée, vers le casino : là-haut sur le ring, perdu dans le ciel d'ouest, il y avait, allongé toujours, un ministre dont il avait pris le temps de lire sur le visage abîmé, comme une étiquette sur un vêtement, le prix payé du dédommagement. Mais Bellec dans cette histoire n'est bien que subsidiaire. Alors quand Le Bars, relevé par les quelques élus qui l'accompagnaient encore, a fini par descendre les quatre marches qui le ramenaient à hauteur de nous tous, il n'a pas cherché à éviter le regard de Laura, plantée droite devant lui et ses yeux dans les siens, comme voulant une dernière fois lui dire que non, ce n'était pas fini, pour elle ce ne serait jamais fini. Mais tout ce qu'elle reçut en guise de réponse, tout ce qu'elle put percevoir par-delà le mouchoir ensanglanté qu'il maintenait sur son nez, ce fut ce regard sourd, indolent et comme imperméable qu'il déposa sur elle.

Max Le Corre a été condamné à deux années de prison ferme pour coups et blessures sur personne dépositaire de l'autorité publique et mise en danger de la sûreté de l'État. La plainte de Laura Le Corre a été classée sans suite.

DANS LA COLLECTION "DOUBLE"

Henri Alleg, *La Question.*
Vincent Almendros, *Faire mouche.*
Vincent Almendros, *Un été.*
Yann Andréa, *M. D.*
Pierre Bayard, *Aurais-je été résistant ou bourreau ?*
Pierre Bayard, *L'Affaire du chien des Baskerville.*
Pierre Bayard, *Enquête sur Hamlet.*
Pierre Bayard, *Qui a tué Roger Ackroyd ?*
Pierre Bayard, *La Vérité sur "Ils étaient dix".*
Samuel Beckett, *L'Innommable.*
Samuel Beckett, *Malone meurt.*
Samuel Beckett, *Mercier et Camier.*
Samuel Beckett, *Molloy.*
Samuel Beckett, *Oh les beaux jours.*
Samuel Beckett, *Watt.*
François Bon, *Sortie d'usine.*
Michel Butor, *L'Emploi du temps.*
Michel Butor, *La Modification.*
Éric Chevillard, *Les Absences du capitaine Cook.*
Éric Chevillard, *Du hérisson.*
Éric Chevillard, *La Nébuleuse du crabe.*
Éric Chevillard, *Oreille rouge.*
Éric Chevillard, *Palafox.*
Éric Chevillard, *Ronce-Rose.*
Éric Chevillard, *Le Vaillant petit tailleur.*
Julia Deck, *Propriété privée.*
Julia Deck, *Viviane Élisabeth Fauville.*
Pauline Delabroy-Allard, *Ça raconte Sarah.*
Charlotte Delbo, *Auschwitz et après I. Aucun de nous ne reviendra.*
Charlotte Delbo, *Auschwitz et après II, III. Une connaissance inutile, Mesure de nos jours.*
Marguerite Duras, *Détruire dit-elle.*
Marguerite Duras, *Emily L.*
Marguerite Duras, *L'Été 80.*
Marguerite Duras, *Moderato cantabile.*
Marguerite Duras, *Savannah bay.*
Marguerite Duras, *Les Yeux bleus cheveux noirs.*
Marguerite Duras, Xavière Gauthier, *Les Parleuses.*
Marguerite Duras, Michelle Porte, *Les Lieux de Marguerite Duras.*
Tony Duvert, *L'Île Atlantique.*
Jean Echenoz, *Au piano.*

Jean Echenoz, *Cherokee.*
Jean Echenoz, *Envoyée spéciale.*
Jean Echenoz, *L'Équipée malaise.*
Jean Echenoz, *Les Grandes Blondes.*
Jean Echenoz, *Je m'en vais.*
Jean Echenoz, *Lac.*
Jean Echenoz, *Nous trois.*
Jean Echenoz, *Un an.*
Jean Echenoz, *Vie de Gérard Fulmard.*
Paul Éluard, *Au rendez-vous allemand suivi de Poésie et vérité 1942.*
Christian Gailly, *Be-Bop.*
Christian Gailly, *Dernier amour.*
Christian Gailly, *Les Évadés.*
Christian Gailly, *Les Fleurs.*
Christian Gailly, *L'Incident.*
Christian Gailly, *K.622.*
Christian Gailly, *Nuage rouge.*
Christian Gailly, *Un soir au club.*
Anne Godard, *L'Inconsolable.*
Bernard-Marie Koltès, *Une part de ma vie.*
Hélène Lenoir, *L'Entracte.*
Hélène Lenoir, *Son nom d'avant.*
Robert Linhart, *L'Établi.*
Laurent Mauvignier, *Apprendre à finir.*
Laurent Mauvignier, *Autour du monde.*
Laurent Mauvignier, *Continuer.*
Laurent Mauvignier, *Dans la foule.*
Laurent Mauvignier, *Des hommes.*
Laurent Mauvignier, *Histoires de la nuit.*
Laurent Mauvignier, *Loin d'eux.*
Marie NDiaye, *En famille.*
Marie NDiaye, *Rosie Carpe.*
Marie NDiaye, *La Sorcière.*
Marie NDiaye, *Un temps de saison.*
Christian Oster, *Loin d'Odile.*
Christian Oster, *Mon grand appartement.*
Christian Oster, *Une femme de ménage.*
Robert Pinget, *L'Inquisitoire.*
Robert Pinget, *Monsieur Songe suivi de Le Harnais et Charrue.*
Yves Ravey, *Le Drap.*
Yves Ravey, *Enlèvement avec rançon.*
Yves Ravey, *La Fille de mon meilleur ami.*
Yves Ravey, *Pas dupe.*

Yves Ravey, *Un notaire peu ordinaire.*
Yves Ravey, *Trois jours chez ma tante.*
Alain Robbe-Grillet, *Djinn.*
Alain Robbe-Grillet, *Les Gommes.*
Alain Robbe-Grillet, *La Jalousie.*
Alain Robbe-Grillet, *Pour un nouveau roman.*
Alain Robbe-Grillet, *Le Voyeur.*
Jean Rouaud, *Les Champs d'honneur.*
Jean Rouaud, *Des hommes illustres.*
Nathalie Sarraute, *Tropismes.*
Eugène Savitzkaya, *Exquise Louise.*
Eugène Savitzkaya, *Marin mon cœur.*
Inge Scholl, *La Rose Blanche.*
Claude Simon, *L'Acacia.*
Claude Simon, *Les Géorgiques.*
Claude Simon, *L'Herbe.*
Claude Simon, *Histoire.*
Claude Simon, *La Route des Flandres.*
Claude Simon, *Le Tramway.*
Claude Simon, *Le Vent.*
Jean-Philippe Toussaint, *L'Appareil-photo.*
Jean-Philippe Toussaint, *Autoportrait (à l'étranger).*
Jean-Philippe Toussaint, *Faire l'amour.*
Jean-Philippe Toussaint, *Fuir.*
Jean-Philippe Toussaint, *Nue.*
Jean-Philippe Toussaint, *La Salle de bain.*
Jean-Philippe Toussaint, *La Télévision.*
Jean-Philippe Toussaint, *L'Urgence et la Patience.*
Jean-Philippe Toussaint, *La Vérité sur Marie.*
Tanguy Viel, *L'Absolue Perfection du crime.*
Tanguy Viel, *Article 353 du code pénal.*
Tanguy Viel, *Cinéma.*
Tanguy Viel, *La Disparition de Jim Sullivan.*
Tanguy Viel, *La Fille qu'on appelle.*
Tanguy Viel, *Insoupçonnable.*
Tanguy Viel, *Paris-Brest.*
Antoine Volodine, *Lisbonne, dernière marge.*
Antoine Volodine, *Le Port intérieur.*
Elie Wiesel, *La Nuit.*
Monique Wittig, *Le Corps lesbien.*
Monique Wittig, *Les Guérillères.*
Monique Wittig, *L'Opoponax.*

CET OUVRAGE A ÉTÉ ACHEVÉ D'IMPRIMER LE SEIZE NOVEMBRE DEUX MILLE VINGT-DEUX DANS LES ATELIERS DE NORMANDIE ROTO IMPRESSION S.A.S. À LONRAI, 61250, FRANCE

N° D'ÉDITEUR : 7070
N° D'IMPRIMEUR : 2205552

ISBN : 978-2-7073-4840-1
Dépôt légal : janvier 2023